MEUS VERDES ANOS

JOSÉ LINS DO REGO
MEUS VERDES ANOS

Apresentação
Iranilson Buriti de Oliveira

São Paulo
2022

© Herdeiros de José Lins do Rego
9ª Edição, José Olympio, Rio de Janeiro 2011
10ª Edição, Global Editora, São Paulo 2022

Jefferson L. Alves – diretor editorial
Gustavo Henrique Tuna – gerente editorial
Flávio Samuel – gerente de produção
Nair Ferraz e Juliana Tomasello – assistentes editoriais
Tatiana Souza e Flavia Baggio – revisão
Mauricio Negro – capa e ilustração
Taís do Lago – diagramação

Dados Internacionais de Catalogação na Publicação (CIP)
(Câmara Brasileira do Livro, SP, Brasil)

Rego, José Lins do, 1901-1957
　　Meus verdes anos : memórias / José Lins do Rego ; apresentação Iranilson Buriti de Oliveira. – 10. ed. – São Paulo : Global Editora, 2022.

　　ISBN 978-65-5612-343-1

1. Escritores brasileiros - Autobiografia 2. Memórias autobiográficas
3. Rego, José Lins do, 1901-1957 I. Oliveira, Iranilson Buriti de. II. Título.

22-117899　　　　　　　　　　　　　　　　CDD-928.699

Índices para catálogo sistemático:
1. Escritores brasileiros : Memórias autobiográficas　　928.699
Cibele Maria Dias - Bibliotecária - CRB-8/9427

Obra atualizada conforme o
NOVO ACORDO ORTOGRÁFICO DA LÍNGUA PORTUGUESA

Global Editora e Distribuidora Ltda.
Rua Pirapitingui, 111 — Liberdade
CEP 01508-020 — São Paulo — SP
Tel.: (11) 3277-7999
e-mail: global@globaleditora.com.br

(g) globaleditora.com.br　　 @globaleditora
(f) /globaleditora　　 @globaleditora
 /globaleditora　　 /globaleditora
 blog.grupoeditorialglobal.com.br

 Direitos reservados.
Colabore com a produção científica e cultural.
Proibida a reprodução total ou parcial desta
obra sem a autorização do editor.

Nº de Catálogo: **4474**

Sumário

Os engenhos de Zé Lins do Rego,
Iranilson Buriti de Oliveira..............7

Prefácio do autor à primeira edição:
Meus verdes anos............ 13

Meus verdes anos............ 15

Cronologia 215

Os engenhos de Zé Lins do Rego

Iranilson Buriti de Oliveira

Nascido a 3 de junho de 1901, no engenho Corredor, município do Pilar, no estado da Paraíba, José Lins do Rego escreveu não apenas um livro sobre suas memórias, mas edificou um memorial, delineou paisagens de lembranças em torno de si, de sua família, de amigos e conhecidos. As culturas material, política, religiosa e sexual desfilam em cada um dos capítulos de sua vasta obra, particularmente em *Meus verdes anos*, livro no qual estão representados os desenhos de infâncias, dos engenhos, dos aspectos socioculturais da economia açucareira, das histórias que circulam de boca em boca, de reunião em reunião, de casa em casa, e que faziam parte dos costumes e da linguagem regional. Nessas histórias, imagens sobre as relações sociais, as tipologias humanas, a zona da mata, o espaço açucareiro, as cheias do rio Paraíba, as vazantes e os sertões vão sendo criadas e divulgadas, transformando o livro em um arquivo de memórias com valor documental incalculável. Criar e rememorar fazia parte não apenas de José Lins do Rego, mas de toda uma comunidade de narradores que moravam ou circulavam nos engenhos.

Garoto criado pelo avô e pelas tias, José Lins do Rego vivia um misto de menino enjeitado e protegido, assaltado pelos sonhos e pelo medo, abraçado pelo avô e pelas doenças de puxado, asma e tosse. Queria correr na bagaceira, mas a doença o prendia dentro de casa. Queria viver em liberdade como os demais garotos, mas a asma era uma cadeia que o gradeava à cama, à solidão, ao quarto silente do engenho Corredor. Essa condição perdurou por vários anos, mas não roubou sua capacidade de pensar além das fronteiras do engenho. A arquitetura da memória está presente em cada um dos capítulos de *Meus verdes anos*. O olhar sensível do autor dilata sua pupila em torno das formas e relevos que o engenho Corredor começava a tomar. Linhas retas, sinuosas, paralelas, curvas. Linhas da vida que estão presentes nos gritos do senhor seu avô, no barulho da cozinha, nos murmúrios e sussurros do eito, da bagaceira, do povo que passava em direção às feiras de Itabaiana, de São Miguel, de Itambé, do Pilar. Barulho dos pés que caminhavam sob a sombra das cajazeiras em várias direções, em trajetos mil. Barulho dos cargueiros que vendiam abacaxi, a exemplo de Antônio da Una, que trazia os seus caçuás carregados de mercadoria e parava no engenho para uma bicada na destilação que tirava-lhe o prumo da montaria. Barulho da voz ordeira e mandona do seu avô a gritar com os trabalhadores no eito, gritaria que, em *Meus verdes anos*, caracteriza o mandonismo dos proprietários das terras, cujo "modelo se repete nas técnicas de dominar os animais e as plantas" (LUCAS, 2011, p. 14).[1]

Na obra de José Lins do Rego, a feira também aparece como uma arquitetura e um espaço de sociabilidades, com mangaios, balcões sobre os trilhos, caixões de farinha de mandioca, cuias de milho, de feijão, de fava. O multicolorido

---

[1] LUCAS, Fábio. O memorialismo de José Lins do Rego. *In:* REGO, José Lins do. *Meus verdes anos*. 9. ed. Rio de Janeiro: José Olympio, 2011.

dos tecidos e das roupas feitas também transformava a feira em um espetáculo visual. O cheiro das comidas vendidas em pequenas barracas complementava a paisagem gustativa dos frequentadores das feiras, inebriados pelo cheiro do bode guisado, da tripa assada, da galinha de capoeira e da buchada. Toda semana, Lins do Rego acordava com o vozerio das pessoas que iam às feiras e, quando aluno do Internato Nossa Senhora do Carmo, em Itabaiana, pôde provar e participar desse espetáculo visual, gustativo, olfativo e tátil.

O livro *Meus verdes anos* desenha memórias e narrativas das mortes dos parentes que transformavam a casa-grande em um ambiente lúgubre, de aspecto amortalhado. Vozes de choro, de medos, que constroem as humanidades de cada um dos habitantes ou passantes do Corredor. A morte o cercava, mas a vida também, às vezes representada na voz da velha Totônia, que de vez em quando aparecia no engenho para contar as suas histórias de princesas encantadas, com cabelos anelados e olhos negros. Ao contar suas histórias, a voz mágica da velha Totônia enchia o quarto, a sala, a cozinha, povoava a imaginação de José Lins do Rego e de outros ouvintes com tantas festas de rei, com tanta fascinação, com os mártires enforcados, com as botijas desenterradas, com tantos casos extraordinários que fluíam da imaginação e da voz dessa nossa senhora de memórias fabulosas. Suavemente, a velha Totônia articulava poder e saber, apresentava aos seus ouvintes surpreendentes perfis humanos. Suas palavras tinham o mesmo poder das cheias do rio Paraíba, o rio que era para os engenhos um mestre de vidas, de abundância, de fartura, principalmente quando o leito do rio cobria-se de plantações de batata-doce pelas vazantes e alimentava os olhos de quem as viam e as barrigas dos famintos, dos pedintes, dos seus plantadores. Rio que se configura como fonte de resistência à geografia da fome. A arquitetura da memória está também presente na casa rodeada de pilastras, nos alpendres que cercavam-na por todos os lados, das duas calçadas:

> [...] uma de tijolo cru que ia até o chão, a outra de cimento como uma cinta abraçando os alicerces. A antiga casa do engenho continuava de pé, pequena, com as janelas verdes e uma puxada rasteira, onde fora a sala de jantar. (p. 23)

As manhãs eram espetáculos à parte no Corredor. Todos levantavam cedo, inclusive José Lins, que era acordado pela tia para tomar leite ao pé da vaca. Cantavam os galos nos quintais vizinhos, o gado mugia nos currais, as cigarras cantavam nas árvores, as galinhas cacarejavam nos poleiros e nos galinheiros, os canários cantarolavam nas gameleiras. Essa mistura de sons tirava os meninos e as meninas das camas e anunciava que era hora de se levantar. O despertar do sol surgia como uma escrita que renovava palavras e gestos comuns no cotidiano do engenho e contrastava com as noites, nas quais as casas, as casinhas e os casarões eram iluminados pela luz da lua, mas também por outras luminárias espalhadas pelos cantos e pelos "consoles com candeeiros bojudos e mangas de vidro e aparatos de louça colorida" (p. 24).

Os saberes populares e as práticas de cura fazem parte dessa geografia da memória de Lins do Rego. Era uma rede de conhecimentos populares que se entrelaçava para salvar as vidas ou aliviar as dores:

Muitos curavam as feridas nos pés, as mãos furadas com unguentos da velha Generosa. Outros tinham os dedos cambados, os calcanhares roídos pelos bichos-de-pé. (p. 25)

Porém, sempre tinha uma receita popular para cada uma das feridas ou "bicheiras". Aplicavam-se as mezinhas da casa, os chás de ervas, os unguentos, as sanguessugas, os vomitórios de cebola-sem-sem, os purgantes de óleo de carrapateira e o café-beirão para as febres, as pedra-lipes para a cura das feridas.

Para cólicas, erva-cidreira ou chá de erva-doce; para pancadas e feridas, arnica. Para limpar o sangue e vencer reumatismo, cabeça-de-negro em tintura. [...] O meu avô tinha uma lanceta para sarjar tumores e as pequenas operações de emergência [...]. Uma ocasião cortou o dedo do pé de Chico Targino, mestre carreiro que se acidentara num mourão da moita do engenho. [...] Não se falava em hospital porque era começo de morte. E as negras afirmavam que baba de cachorro era mesmo que unguento. (p. 47-48)

Na casa-grande ou no canavial, em meio às canas, no massapê, todos eram charlatães, curandeiros, mágicos, engenheiros e médicos de corpos e de alma.

Os caminhos de cura em *Meus verdes anos* envolvem observação, conhecimento e intervenção, misturam sabedoria popular e preceitos científicos, aglutinam as práticas dispersas em múltiplas estratégias de sobrevivência. O cotidiano de cura no Corredor e nos outros engenhos surge como espaço privilegiado de produção de táticas de vida, itinerários de cura, invenções de garrafadas, chás, infusões, lambedores. Invenção de um lugar para sarar feridas expostas, cicatrizar aberturas provocadas por perebas, topadas e rasgões de facas. Engenho de ideias que elabora um cotidiano no qual o sujeito utiliza táticas de enfrentamento da morte e da dor e se apodera de seus modos de ser para desafiar a sepultura. São esses os verdes anos da primeira infância de José Lins do Rego, lembranças que procurou reter daquela "aurora", dos seus primeiros anos, memória tecida e esculpida "com a matéria retida pela engrenagem que a natureza me deu" (p. 14). *Meus verdes anos* é rebento do encontro entre poder e linguagem, uma operação que articula lugar social, história dos costumes e elaboração de um texto espacial e sentimental, um livro de memórias sobre os engenhos de Zé Lins.

Prefácio do autor

à primeira edição:

Meus verdes anos

José Lins do Rego

Chamei de verdes anos os tempos da minha primeira infância. E em livros de memórias procurei reter tudo o que ainda me resta daquela "aurora" que para o poeta Casimiro fora a das saudades, dos campos floridos, das borboletas azuis. Em meu caso as borboletas estiveram misturadas a tormentos de saúde, a ausência de mãe, a destemperos de sexo. E tantos espantos alarmaram os meus princípios que viriam eles me arrastar às tristezas que não deviam ser as de um menino. A vida idílica se desviava em caminhos espinhentos. O neto de um homem rico tinha inveja dos moleques de bagaceira. A separação violenta de minha segunda mãe marcou-me a sensibilidade de complexo de renegado. A ausência do pai que não era bem-visto pelos parentes maternos fez de mim uma criatura sem verdadeiro lastro doméstico. Sempre fui um menino criado pelo avô, assim como um enjeitado, apesar de todas as grandezas do avô. A vida no engenho não me libertou de certos medos. A asma fez de mim um menino sem fôlego para as aventuras pelo sol e pela chuva. Tinham cuidados demasiados com a criança franzina que não podia levar sereno e tomar banho de rio. O meu temperamento não era de um contemplativo. Tinha vontade de correr os campos como os de minha idade. E se saía dos limites impostos, acontecia o ataque de puxado e teria que sofrer as agonias de um afogado. E mais ainda as reclusões forçadas com as negrotas a me aguçarem desejos e concupiscências. As borboletas azuis aí criavam asas de vampiro. Pus nesta narração o menos possível de palavras para que tudo corresse sem os disfarces retóricos. E assim não recorri às imagens poéticas para cobrir uma realidade, às vezes brutal. Fiz livro de memória com a matéria retida pela engrenagem que a natureza me deu. Pode ser que me escape a legitimidade de um nome ou de uma data. Mas me ficou a realidade do acontecido como o grão na terra. A sorte está em que a semente não apodreça na cova e que o fato não tenha o pobre brilho do fogo-fátuo. É tudo o que espero dos "verdes anos" que se foram no tempo, mas que ainda se fixam no escritor que tanto se alimentou de suas substâncias.

Rio de Janeiro, janeiro de 1956

MEUS VERDES ANOS

Ao meu neto
José,
para que este livro lhe seja,
no futuro, uma lição de vida

1

TANTO ME CONTARAM A história que ela se transformou na minha primeira recordação da infância. Revejo ainda hoje a minha mãe deitada na cama branca, a sua fisionomia de olhos compridos, o quarto cheio de gente e uma voz sumida que dizia:

— Maria, deixa ele engatinhar para eu ver.

Pus-me a engatinhar pelo chão de tijolo e a minha mãe sorria e eu ouvia o choro convulso da minha tia e uma voz grossa:

— Ela está morrendo.

Aí tudo parou. O mundo da infância penetra em névoas espessas até que outra vez me sinto deitado na cama com o primo Gilberto. Ele estendido, de olhos fechados, imóvel como se estivesse num sono profundo. Escuto um grito na porta:

— O menino está na cama com Gilberto!

Arrastaram-me do quarto e logo em seguida apareceu--me o meu avô na sala de visitas com o velho Lula de Holanda. Estava o meu avô de cabeça baixa, os olhos quase cerrados e a voz do velho Lula bem explicada dirigindo-se ao amigo. Não me lembro do que ele dizia.

O primo Gilberto, que fora criado pelo meu avô, tinha morrido a instantes numa dor de lado. Podia eu ter os meus quatro anos, mas estas recordações ficaram muito vivas, pegadas à minha lembrança. Lembro-me do chão do quarto ainda com areia para cobrir o sujo dos vômitos. Ainda estava o defunto quente quando me deitara com ele. Não sei nada do enterro. Pode ser que tivessem tirado os meninos da casa-grande para não ver o acontecido. Ficou-me, porém, do primo morto, pelo resto da vida, uma tão forte impressão que a fisionomia dele se ligava para mim à imagem de Deus. O meu Deus não teria barbas brancas, mas a cara raspada de Gilberto. O meu avô quisera que ele fosse o homem da família. Não tendo tido filhos, criara um sobrinho, filho de uma irmã morta malcasada, para o seu sucessor. Era o sobrinho a sua esperança. Dera-lhe tudo, mandara-o aos estudos, e ainda rapaz morreria daquele jeito.

Tempos depois ainda vestia camisolão e não quiseram que eu entrasse no quarto da prima Lili.

— Ali não entra menino.

Três dias se foram. Veio médico da Paraíba. As negras corriam com bacias de água quente e a casa ficou triste, muito triste. A negra Maria Pia chegou na cozinha para dizer:

— Lili morreu.

Já sabia o que era a morte. As negras falavam de minha mãe morta: "Dona Amélia morreu de menino nascido morto". "Seu Gilberto morreu de dor de lado."

Era a morte que me cercava. Lili morta. Vivíamos os dois a brincar pela calçada. Corríamos pela horta quando para lá nos levava tia Maria. Quis chorar. Uma dor me entrava pela alma. A primeira diferente daquela das palmadas e dos puxavantes de orelha das tias. A negra Pia foi logo dizendo:

— Lili foi pro céu. É anjo de Deus.

A casa inteira ficou com medo. O médico mandara defumar tudo e falavam em febre que pegava nos outros. O caixãozinho azul chegou na cabeça do carreiro Targino. Foram tirar as flores do jardim da tia Maria. E de uma coisa me recordo bem: eu vi lá na estrada a prima Lili carregada como se fosse um saco de açúcar em viagem para as bandas da vila do Pilar. Fecharam o quarto dela e a fumaça dos cacos que queimavam bosta de boi subia pela telha-vã do quarto.

O meu avô não ficou triste. A prima Lili se mudara para o céu, como dissera a negra Pia. Anjo de Deus. A minha memória se apaga para se acender outra vez com um episódio que quase não sei explicar.

2

Vinha pela estrada um zabumba a bater. Todos correram para ver o que era. Vi então um homem todo amarrado de cordas a carregar uma cruz, com outro de chicote na mão batendo nele. Uma mulher de cabelos compridos ajoelhada chorava aos gritos:

— Não mate meu divino filho!

Trazia o homem coroa de espinhos na cabeça e corria sangue do seu lombo nu.

— Não mate o meu divino filho!

E o zabumba batendo. Quis correr do lugar e não pude. As minhas pernas estavam enfiadas no chão. Quis falar e não tive voz. Sei que a minha tia Maria me carregou do lugar e perdi a fala. Deitaram-me na cama. A cara do homem ensanguentado e os gritos da mãe em agonia me ficaram para sempre. Não saía da minha cabeça aquele quadro. Foi neste dia que me apareceu o puxado que foi a desgraça da minha vida de menino.

3

Diziam que fora minha mãe que antes de morrer pedira para que eu não fosse criado com meu pai. Fiquei assim no engenho do meu avô, aos cuidados da tia Maria. A casa-grande do engenho Corredor quase que não tinha dono. A velha Janoca, a minha avó, desde que me entendi de gente não tinha olhos para tomar conta das coisas. Mandava em tudo, sem porém dar boa ordem na vida de sua casa. As minhas tias Maria e Naninha viviam já neste tempo como se fossem pernas de governo. A tia mais velha olhava para as relações com o mundo de fora. Se havia visita, se era preciso uma carta, se carecessem de um telegrama, tudo isto seria feito pela tia Maria. Quando o meu avô tinha que sair para ir ao júri ou à Paraíba, quem lhe preparava a camisa, quem lhe botava as abotoaduras nos punhos, era a tia Maria.

A velha Janoca tomava partido entre as filhas e criava às vezes preferências odiosas. Aí tudo seria para a sua preferida. O meu avô não dava a menor opinião. Janoca era para ele a última palavra. Fora na mocidade um verdadeiro pai-d'égua. Tivera filhos com as negras e a mulher criara os rebentos bastardos. A mulher não o embaraçava na vida, não lhe dava despesas, não criava situações. Apenas era preciso respeitar-lhe o gênio.

Em relação a mim, não me ficou a imagem de uma avó terna, coração bondoso. Pelo contrário, é preciso confessar: não gostava de minha avó. Aversão gratuita, pois ela nunca levantou a mão contra mim. E me sentia mal a seu lado. Era uma figura sombria, guardava preferências absurdas, não era amada pelas negras da cozinha. O vício do rapé dava-lhe uma cor esquisita ao nariz. E como não enxergava bem, ficava sentada o dia todo numa cadeira de balanço a dormitar. Às vezes falava da sua gente do Itambé, do pai, senhor de engenho, o velho João Álvares, muito rico, dono do Jardim, que tivera um pai presidente na Paraíba. O velho

João Álvares metera-se contra os revolucionários de 1948. Afirmava a velha Janoca com orgulho: "O meu pai nunca deu retaguarda".

A casa-grande do Corredor não girava em torno da senhora como o Gameleira do doutor Lourenço em torno da tia Maroca. Mas o meu avô era o homem mais rico da família e a sua casa vivia cheia de gente. Aos meus olhos, o engenho Corredor começava a tomar forma. Tudo nele era grande para mim. A casa rodeada de pilastras. Alpendres cercavam-na por todos os lados. As duas calçadas, uma de tijolo cru que ia até o chão, a outra de cimento como uma cinta abraçando os alicerces. A antiga casa do engenho continuava de pé, pequena, com as janelas verdes e uma puxada rasteira, onde fora a sala de jantar. Como lá nascera o meu avô, nunca quis ele bulir no pardieiro de taipa. Na grande cheia do rio em 1893 as águas bateram nos batentes da casa velha. O meu avô chamara carpinas e pedreiros para levantar uma casa capaz de resistir à cheia do rio. Ainda hoje a revejo com os olhos da infância. A sala de jantar, de mesa comprida ladeada por dois bancos. Havia duas cadeiras de palhinha. Na cadeira do lado sentava-se o meu avô, na cabeceira a visita que chegava. Na parede, bem em cima da secretária de madeira dura, um relógio grande. No fundo os armários onde ficavam as pratas e os objetos de mais valia: louças da Índia e vasilhame de metal. Uma pequena mesa para os abafadores de chá, obras bordadas a cores que os meninos atolavam na cabeça nas brincadeiras de bispos e generais. Vinha o corredor que dava para os quartos de dormir. Ao lado, o quarto dos santos todo coberto de estampas e molduras e o santuário grande com as imagens de devoção. Pouco se ficava por aqueles aposentos sagrados. Na semana santa cobriam de preto o santuário e viravam para a parede os quadros. No fundo ficava o quarto do meu avô. Havia uma cômoda enorme de pau-ferro e as duas camas de casal. A do meu avô, de sola, dura, sem espécie alguma de colchão, e a da minha avó, de pano, forrada de cobertor de lã vermelha. Uma imagem de são Sebastião na parede branca. Em cima da cômoda os cornimboques de rapé que me causavam tanto asco. Os aposentos da tia Maria com guarda-roupa e cama de amarelo e palhinha. Dormia de rede ao lado da minha tia. Quando chegava um hóspede, mandavam para o quarto com a cama do imperador. Compraram este móvel para a visita de Pedro II, no ano de sua passagem pelo Pilar. Mas o rei não parara no caminho e chegara à vila antes do tempo, com os cavalos da comitiva cansados. Era uma bela cama de ferro com bolas de metal amarelo nos varais. Larga, com um lastro de material flexível e, no espelho, uma cena de pintura; anjos a dormir no regaço de Nossa Senhora.

Ao lado uma cômoda francesa, objeto fino com gavetas e segredos. A tia Maria escondia no cofre de madeira os frascos de extrato e anéis. Numa das gavetas de baixo escondiam-se um enorme óculo de alcance e a farda do meu avô da Guarda Nacional do Império.

A sala de visitas com duas mobílias. Pelo chão as escarradeiras de louça todas pintadas. E aos cantos os consoles com candeeiros bojudos e mangas de vidro e aparatos de louça colorida. Dependurado na parede, no centro, o retrato em grupo do velho Num, o fundador da família, e do tio Joca do Maravalha. A cara do antigo era dura, de olhar fixo, e a do tio Joca, de um neto ainda imberbe e risonho. Diziam que o tio era a pessoa querida do patriarca.

A sala de visitas do Corredor não ficava fechada como a de outros engenhos. Aliás nada vivia fechado no engenho do meu avô. As chaves da despensa não serviam de nada. Os fundos da casa-grande davam para um pátio onde ficava o povo da serventia. Para este pátio dava o quarto das negras velhas, antigas escravas africanas que ainda se arrastavam pela cozinha. A cozinha do Corredor vivia de portas escancaradas. Brancos e negros se encontravam sempre naquela fábrica de fogos acesos.

A minha avó Janoca, quando deixava a sua cadeira de balanço, ia sentar-se na banca, onde passava o dia a velha Galdina, aleijada, negra africana a quem todos nós chamávamos de "vovó".

A negra Generosa fora escrava e conquistara pela força, pelo tempero, pela franqueza, o reinado da cozinha. Tudo ali saía das suas mãos e de seus braços. As notícias chegavam primeiro na cozinha; as cheias do Paraíba, as chuvas no Piauí, as secas do sertão, as bravatas de Antônio Silvino, tudo vinha à cozinha em primeira mão.

O bicheiro Salvador aparecia do Pilar com as suas novidades. As mulheres dos moradores sentavam-se pelo chão, à espera de remédios ou de sementes para plantar. Algumas traziam presentes: ovos, galinhas gordas, rendas, bicos. Pela manhã (guardo nos sentidos o aroma doce que o tempo não conseguiu destruir) toda a cozinha cheirava. As urupemas de açafroa chegavam da horta para uma negra separar as flores. E toda a cozinha cheirava como um bosque. Os moleques do pastoreador vinham fazer a mochila para o almoço no campo: farinha, um pedaço de ceará, toucinho cru. Muitos curavam as feridas nos pés, as mãos furadas com unguentos da velha Generosa. Outros tinham os dedos cambados, os calcanhares roídos pelos bichos-de-pé.

Meus verdes anos • 25

Saíam às seis horas com o gado para os lados da caatinga e voltavam às seis da tarde. O meu avô às cinco horas já tinha tomado o seu banho frio e ficava a olhar o gado de leite e os trabalhadores que se botavam para o serviço. Gritava muito e descompunha como um capitão de navio. Mas tudo sem raiva, não fazendo medo aos moleques e nem temor aos trabalhadores. Era respeitado, e posso dizer mesmo que amado pela sua gente.

4

A CASA VELHA VIRARA mal-assombrada, e as negras falavam de aparições. A negra Pia contava que um homem branco, de lamparina na cabeça, ficava sentado na calçada à espera de gente. Diziam que era o tio Jerônimo, irmão do meu avô, homem solitário que nunca se dera bem com a minha avó. Tinha uma amante chamada Germínia. Muito sofrera ele nas unhas da velha Janoca. Um branco como Jerônimo de teúda e manteúda na frente de todo o mundo. E a cunhada nunca o deixou em paz. Até o filho dele, diziam que a mando de minha avó, sofrera uma facada do negro Domingos Ramos. O meu avô, quando morreu o irmão, deixou a sinhá Germínia na casa à beira da estrada e lhe dava sustento. Afirmavam que de lá vinha todas as noites o tio Jerônimo a pedir qualquer coisa aos vivos para ele e a mulher de seus amores. A negra Pia não se cansava de dizer:

— É um homem todo de branco, de lamparina na cabeça.

E a negra Generosa:

— Coitado de seu Jerônimo, ele anda atrás da mãe sinhá. Era sozinho no mundo.

A lembrança que guardo de tio Jerônimo é muito vaga. Vem-me bem do fundo da memória aquela figura de homem barbado, de pernas bambas, apoiado em dois cacetes. Chegava nas horas de almoço e de jantar e dele não me ficaram sinais da voz, traços outros que a imagem da cara velha, dos dois cacetes que o ajudavam a andar. Era doente da espinha.

Falava-se também de um irmão do meu avô que fora morto por um cabra devido a uma mulher chamada Calu. Quinca Leitão, chamava-se ele, e o fato contado pela negra Generosa passara-se à boca da noite. Sinhá estava arrumando as coisas no armário quando ouviu dois tiros e gritou para ela: "Negra, aconteceu uma desgraça, vai ver o que foi". O velho Antônio Leitão não saía de um marquesão depois que ficara paralítico de um lado. E com pouco foram chegando os negros do eito, trazendo um homem todo amarrado. E foi vindo também o corpo do finado Quinca Leitão. O feitor foi contando a história:

— O capitão chegou no eito e chamou o cabra Laurentino e foi lhe dizendo: "Cabra, prepare-se para apanhar". E deu-lhe duas lapadas na cara. O cabra se fez nas armas e atirou no capitão, lá nele, bem no peito esquerdo.

O velho ouviu tudo calado. Sinhá chorava num desespero. Bubu e o seu Joca quiseram logo matar o homem, mas o velho foi dizendo para o assassino:

— Homem, por que tu mataste o meu filho? Ele não era um passarinho e tu acabaste com ele.

O homem calado estava e calado ficou.

— Não me toque neste homem – gritava o velho. — Cortem as cordas. – E disse para Bubu: — Menino, vai ao Pilar entregar este desgraçado à justiça do rei. Coitado do Quinca!

E aí chorou.

Este irmão do meu avô era um homem bravo, homem de gênio forte. Contava-se que o velho Manuel César do Taipu, inimigo a ferro e fogo do cunhado, estava com os animais do Corredor nas almanjarras do seu engenho, matando-os para castigo de os ter encontrado soltos no seu curral. O rapaz Quinca armou-se de clavinote, entrou na casa de engenho onde estava o velho Manuel César trepado no sobradinho, parou os trabalhos e arrancou as bestas do pai, cortando os arreios do engenho do tio furioso. Os negros ficaram parados, o velho não se mexeu do lugar e o rapaz saiu sem dizer uma palavra. Aquilo exasperou o velho Manuel César aos extremos. E ainda mais se separaram os parentes tão próximos. Quando foi do júri do assassino de Quinca Leitão, Manuel César botou advogado para o réu. Nunca o meu avô perdoou este ato de vingança do tio.

5

AS CONVERSAS DAS NEGRAS foram as primeiras crônicas que me deram notícias da minha família. A velha senzala se reduzira a um resto de casa que ficava pegada à antiga moradia do engenho. Chamavam-na "a rua", talvez pelo alinhado de sua disposição. Ali morava Avelina, espécie de ajudante da negra Generosa e irmã de França, que ainda fora escrava nascida antes do ventre livre. Os moleques meus companheiros tinham nascido na "rua" e moravam na primeira casa que se compunha de dois quartos. No fundo ficava a cama de vara da mãe, e as redes dos filhos se armavam pelos esteios. Pela manhã, embaixo de cada rede havia marca úmida das urinas da noite e um cheiro ativo enchia as camarinhas de barro.

Na outra casa morava Joana, mulher parda ainda moça de muitas carnes. Viera morar no engenho a mando de parentes do Itambé. Era ela que torrava o café para a serventia da casa. E só fazia isto. Tanto Joana como Avelina não tinham marido. Avelina todos os anos dava a sua cria. E assim tinha filhos de vários homens. Os seus amores se limitavam ao coito. Negra séria, só de serviços e dos trabalhos que não podia parar.

A irmã França lavava roupa e gostava de beber. Era a criatura mais dócil, desde, porém, que metia uma quarta de cachaça na cabeça, virava uma fúria. Não respeitava nem o meu avô, com nomes feios para todo o mundo. Brincavam com ela, desafiando-a com os palavrões cabeludos. Espantava-me aquela mudança. Antes a negra nem tinha coragem de levantar os olhos, toda ela mansa, de fala em surdina. De repente os olhos se incendiavam, a voz se arrepiava, os gestos se acirravam. E toda a França era uma fúria indomável. O meu avô fingia que não a via. Mas as minhas tias gostavam de bulir com a negra. E lá apareciam os destemperos. Se havia estranhos no engenho, escondiam França. Acontecia porém que ela escapava à vigilância, entrava de sala de visitas adentro, arrogante e desaforada. Só havia uma pessoa a quem não desobedecia: Firmina, filha natural de meu avô, e sua comadre. Junto a ela França baixava o fogo e se calava igual a uma menina em castigo.

Era França mãe de muitos filhos. Um deles nascera corcunda e vivia com parentes nossos na Paraíba. Bem raro os sobrenomes entre os aderentes do engenho. Dava-se normalmente aos filhos o nome da mãe. Era João de Joana, José de Ludovina, Manuel de Lucinda, mas o corcunda de França tinha nome. Chamava-se Antônio Ferreira, e isto lhe dava certa importância.

6

QUANDO O ENGENHO ESTAVA moendo mudava tudo. Nos tempos da fábrica pejada, a vida era outra. O mata-pasto tomava conta da bagaceira, os canários cantavam pelos pés de mulungus e havia silêncio de casa abandonada pelos quatro cantos da "moita": Só o mestre Francelino ficava na casa de purgar preparando o barro para a limpa do açúcar. A casa de purgar de taipa, com os seus tanques de mel de furo, os caixões de maçaranduba para guardar açúcar branco e os andaimes de buraco para as formas de zinco. Pela manhã mascavam o açúcar para secar nos balcões ao sol. Esse serviço era mais dos tempos do começo do inverno ou em fins de verão. Punham de pé o pão de açúcar e cortavam aos pedaços a parte branca, separando-a da mais escura. Secava-se no balcão de cima o branco e no de baixo o somenos.

Ficava o meu avô a olhar o trabalho que se fazia em cima de couro cru de boi. Depois teria um homem de passar o dia a mexer com pá de madeira o açúcar que secava. À tarde empurravam-se os balcões sobre os trilhos e enchiam-se os caixões onde o produto esperaria os bons preços na feira de Itabaiana e Campina Grande. Meu avô tinha um freguês do sertão chamado Félix Touca, que só se abastecia no Corredor.

7

Os MENINOS GOSTAVAM DA casa dos carros. Bem perto da "moita" ficava uma puxada, espécie de telheiro onde guardavam os carros e as carroças do serviço. Lá estivera por muitos anos a liteira que trouxera minha mãe doente para morrer em casa do pai. Fazia-me medo, como se fosse um caixão de defunto. Viera minha mãe do engenho Camará nos braços dos negros, quase morta, a arder de febre. E como não podia montar a cavalo, arranjaram no engenho Jardim a liteira que fora do meu bisavô João Álvares. A viagem se fizera pela estrada fechada, com a mataria a roçar a condução sinistra. As negras diziam que haviam levado dois dias para chegar. Dona Amélia viera mais branca que madapolão. E vinha queimando de febre. Os moleques trepavam na liteira e aquilo me doía. Era como se fosse o túmulo de minha mãe. Era a morte que estava ali. Não queria olhar para aquele traste todo desbotado.

Mas aquela casa dos carros era o nosso refúgio de traquinadas. Peças de arados quebrados, uma enorme grade de dentes para revolver a terra, tudo coberto de mataria verde, completava o nosso ambiente de pequenas libertinagens.

Os preás corriam das tulhas de tijolos velhos e num pé de cajá os pássaros faziam ninhos. Os grandes do engenho não gostavam de nos ver na liberdade da casa dos carros. Falavam de cobras. Um porco da velha Janoca fora mordido de morte por uma jararaca bem perto da grade de dentes. O que havia de certo eram as restrições àquela convivência livre, longe da vista dos grandes, entre os meninos da casa-grande e os moleques da bagaceira. Os moleques sabiam de muita coisa, sabiam demais. E sabiam ensinar. O mais velho era Manuel Severino, já taludo, e o mais moço, Ricardo, com a minha idade.

Começava o meu sexo a desabrochar por aquele recanto. Víamos ali no curral a impetuosidade dos touros por cima das vacas. A vara vermelha dos bichos à procura de se contentar. Então vai-me chegando à memória, à proporção que escrevo, a conversa dos trabalhadores que vinham do Crumataú para os trabalhos do engenho. Falavam sempre de mulheres. Via-os quase nus no sobradinho do engenho; de brincadeira uns com os outros e com os gestos dos touros, de pernas abertas e membros em riste, no deboche, às gargalhadas.

Na casa dos carros começavam a arder as minhas entranhas. Os moleques se exibiam em atitudes viris, assim como os trabalhadores do sobradinho. Manuel Severino masturbava-se na nossa vista. A princípio me senti diminuído, com vergonha porque não sentia as mesmas coisas. Aos poucos, o calor da vida foi aquecendo as minhas tenras carnes de menino.

Uma tarde, quando fomos chegando à casa dos carros, levantou-se de uma carroça velha um bicho que avançou para nós. Só sei que era um monstro vestido de estopa, a gritar. Saímos às carreiras e quase que me pulava o coração do peito.

A casa dos carros passou a nos amedrontar. Nunca mais tivemos coragem de botar os pés ali. Havia cobras jararacas e bichos de estopa a nos assombrar.

8

O RIO PARAÍBA CORRIA bem próximo ao cercado. Chamavam-no "o rio". E era tudo. Em tempos antigos fora muito mais estreito. Os marizeiros e as ingazeiras apertavam as duas margens e as águas corriam em leito mais fundo. Agora era largo e, quando descia nas grandes enchentes, fazia medo. Contava-se o tempo pelas eras das cheias. Isto se deu na cheia de 1893, aquilo se fez depois da cheia de 1868. Para nós meninos, o rio era mesmo a nossa serventia nos tempos de verão, quando as águas partiam e se retinham nos poços. Os moleques saíam para lavar os cavalos e íamos com eles. Havia o Poço das Pedras, lá para as bandas da Paciência. Punham-se os animais dentro d'água e ficávamos nos banhos, nos cangapés. Os aruás cobriam os lajedos, botando gosma pelo casco. Nas grandes secas o povo comia aruá que tinha gosto de lama. O leito do rio cobria-se de junco e faziam-se plantações de batata-doce pelas vazantes. Era o bom rio da seca a pagar o que fizera de mau nas cheias devastadoras. E quando ainda não partia a corrente, o povo grande do engenho armava banheiros de palha para o banho das moças. As minhas tias desciam para a água fria do Paraíba que ainda não cortava sabão.

O rio para mim seria um ponto de contato com o mundo. Quando estava ele de barreira a barreira, no marizeiro maior, amarravam a canoa que Zé Guedes manobrava.

Vinham cargueiros do outro lado pedindo passagem. Tiravam as cangalhas dos cavalos e, enquanto os canoeiros remavam a toda a força, os animais, com as cabeças agarradas pelo cabresto, seguiam nadando ao lado da embarcação. Ouvia então a conversa dos estranhos. Quase sempre eram aguardenteiros contrabandistas que atravessavam, vindos dos engenhos de Itambé com destino ao sertão. Falavam do outro lado do mundo, de terras que não eram de meu avô. Os grandes do engenho não gostavam de me ver metido com aquela gente. Às vezes o meu avô aparecia para dar gritos. Escondia-me no fundo da canoa até que ele fosse para longe. Uma vez eu e o moleque Ricardo chegamos na beira do rio e não havia ninguém. O Paraíba dava somente um nado e corria no manso, sem correnteza forte. Ricardo desatou a corda, meteu-se na canoa comigo, e quando procurou manobrar era impossível. A canoa foi descendo de rio abaixo aos arrancos da água. Não havia força que pudesse contê-la. Pus-me a chorar alto, senti-me arrastado para o fim da terra. Mas Zé Guedes, vendo a canoa solta, correu pela beira do rio e foi nos pegar quase no Poço das Pedras. Ricardo nem tomara conhecimento do desastre. Estava sentado na popa. Zé Guedes porém deu-lhe umas lapadas de cinturão e gritou para mim:

— Vou dizer ao velho!

Não disse nada. Apenas a viagem malograda me deixou alarmado. Fiquei com medo da canoa e apavorado com o rio. Só mais tarde é que voltaria ele a ser para mim mestre de vida.

9

Outro centro de conversas que muito me prendia era a destilação. O mestre que dava ponto na aguardente, que fazia as misturas do mel, que sabia a hora de meter fogo no alambique, era João Miguel, homem branco, pai de muitos filhos, casado com sinhá Maricas, costureira, a que vivia de engenho a engenho. Diziam que ela tinha uma língua mais veloz que as lançadeiras das máquinas de costura. Todos os mexericos do engenho, todos os leva e traz, do Maravalha ao Corredor, de São Miguel ao Outeiro, vinham por conta da sinhá Maricas de João Miguel.

A destilação ficava aberta de inverno a verão. A aguardente que corria morna do alambique era depositada nos tonéis de cerejeira para tomar gosto. Vinham fregueses do Pilar e de Itabaiana para comprar cachaça do Corredor, que tinha fama. João Miguel não se aproveitava de caxixi para misturas. Enquanto corria de manso para uma ancoreta com funil, o líquido azulado enchia a vista das visitas.

Eram sempre moradores que apareciam para conversar com o meu avô ou minha avó. O branco João Miguel gostava das negras do engenho e assim tinha filhos com Avelina e Joana Gorda. Enchia a sua casa de meninos e ainda lhe sobrava força para as diversões na bagaceira. Os homens chegavam à destilação e com uma coité aparavam a bebida na fonte, tomando gosto: "Está de primeira, seu João". Mas os bêbados não punham os pés ali. João Miguel corria com todos. O seu auxiliar chamava-se Aprígio Baé. De fato o homem tinha tudo de um porco para o corte. Aprígio não tocava em aguardente. Tinha a estatura quase de um anão, mas com força para carregar na cabeça as pesadas tinas de mel.

Parava sempre na destilação Manuel Chapéu de Couro, sertanejo que descera na grande seca de 1877 e não mais voltara às suas terras. Era homem de brigas, à procura de disputas com os vizinhos. Afirmava-se que tinha um crime de morte no Pombal, e no Corredor nunca foi homem de eito. Chapéu de Couro ligara-se a uma mulher chamada Calu, filha daquela mulher por quem o tio Quinca morrera. Manuel Chapéu de Couro chamava o meu avô de capitão e nos contava histórias de suas terras. Foi por intermédio dele que vim a saber que havia propriedades distantes que não eram do meu avô. E que havia também homens que mandavam mais do que ele. Diziam que o meu avô só aguentava aquele homem porque necessitava dos seus préstimos.

Mas a velha Janoca também mandava no Corredor; tinha os seus protegidos. Dava lugar para roçados e casas para morar. O negro Domingos Ramos era morador protegido da velha Janoca, embora não agradasse ao meu avô. Havia porém limites para o poderio da velha. Quando ela quis trazer para a casa de dona Delmana o negro Domingos, não o permitiu o meu avô. A casa de dona Delmana ficava dentro do cercado grande. Vivia sempre fechada. Quem teria sido aquela dona Delmana? As negras não sabiam, e aquele mistério permaneceu até que me fiz homem. A casa de telha caiada, com cornijas azuis e portas verdes, permanecia fechada. Por que a deixavam assim? Falavam de mal-assombrados de gente que tinha morrido do peito e de tanta coisa. Por que aquele nome de dona Delmana? O mata-pasto tomava-lhe a frente e por cima do telheiro cresciam arbustos que se enterravam pelas paredes de taipa. O gado chegava até a calçada onde borrava tudo. E lá em cima, no alto, uma data com os números em relevo. A casa de dona Delmana! Quisera a velha Janoca que lá fosse morar o negro Domingos. E o meu avô não deixou. Depois José Ludovina pretendeu botar uma venda por lá e não foi possível. Era a casa de dona Delmana, a olhar para a estrada com a sua frente esburacada e as cajazeiras tomando-lhe a vista. Anos após fizeram uma puxada ao seu lado para o carro de cavalos.

Não sei se ainda está de pé, hoje porém conheço a sua história. Morou naquela casa uma senhora de importância, viúva de um político dos tempos do Império. Aconteceu que o marido de dona Delmana fora assassinado a mando de uma mulher, no Brejo de Areia. E como tinha parentes na várzea, viera morar no engenho Santa Fé. Trazia filho do matrimônio e acompanhou-a um serviçal do deputado. Em caminho a viúva apaixonara-se pelo homem chamado Cabral e terminou casando-se com ele. A família abandonou-a. E desse novo casamento saíram outros filhos. Recolhera-se dona Delmana àquela casa que meu avô lhe dera para morar. Ainda mais se grudou à minha memória a casa solitária.

Uma vez uma negra começou a sonhar com botija enterrada no quarto da casa. Era um sonho que vinha se repetindo com os mesmos detalhes. Aparecia uma mulher de cabelos soltos que lhe dizia: "Olha, Luísa, vai na camarinha onde eu dormia e cava muito. Tu vai encontrar um dobrão. Cava mais e tem que aparecer uma panela de ouro. É dinheiro muito. Manda dizer missa pela minha alma, o resto é teu." O sonho era de toda noite. Até que a tia Naninha, sem que o meu avô soubesse, foi à casa de dona Delmana com a negra Luísa e o estribeiro Cristóvão, e se puseram a cavar. Recordo-me do medo de todos nós. A picareta furava o chão mole. Apareceu uma camada branca de terra e a negra Luísa dizia que era comida das almas. E quando apareceu o dobrão, uma moeda grande de cobre, foi um susto. Cavaram mais e nada se encontrou. Tinha-se encantado a panela de ouro. Achava a negra Luísa que acontecera aquilo porque a minha tia havia levado menino para ver. O meu avô soube do episódio e achou graça. Dinheiro enterrado só em igreja antiga. Um mestre pedreiro em Itambé havia achado uma botija de moedas de ouro quadradas ainda do tempo dos Afonsinhos. A negra Luísa deixou de sonhar com a mulher de branco mas nunca se convenceu do fracasso. Dobrão era aquele do sonho e o resto se sumira por causa do menino. Alma não aparecia a menino. E não era verdade. Dormia eu num quarto com a tia Maria e devia ser muito pequeno ainda. Pois não é que vi, em pé, junto à parede do quarto, um homem de lenço amarrado no queixo a olhar para mim? Gritei tão alto que correu gente da sala de jantar. A tia Maria me arrancou da cama e me levou para cima da mesa do santuário, tão pequeno era eu. Sim, tinha visto um homem em pé pegado à parede, de lenço nos queixos. Guardo até hoje a lembrança e não posso dar outro depoimento que este. Teria sido alma de verdade? Se não me impressionara com fato semelhante, por que me aparecia aquele homem que nunca tinha visto?

10

Sempre de manhã a minha tia me acordava para tomar leite ao pé da vaca. Nas manhãs de sol o curral dos animais de manjedoura se enchia de trabalho. Os moleques curavam as bicheiras, lavavam os bezerros novos e o mestre Amâncio tirava leite. Se chovia, tudo se transformava em lama que atolava até as canelas. Vinham meninos das redondezas atrás do leite que o meu avô dava aos pobres. Esguichava na cuia branca o leite das turinas. Ainda não havia aparecido as febres no gado. Tudo era são. Vacas que davam cuias e cuias de leite. Conhecíamos todas pelos nomes: Mocinha, Malhada, Estrela Nova, Cotovia. E tantas outras. Parideiras de crias de todos os anos. Algumas nos primeiros dias do parto mudavam de humor e se tornavam agressivas. Outras enjeitavam os filhos secando os úberes. O meu avô vinha agradá-las com o seu cacete de jucá. Depois vieram os zebus. Aparecia gente de longe para ver os bichos que tinham chegado da Índia. Chamava-se o touro Maomé e a vaca Magnólia. Foram os primeiros que pisaram na Paraíba, sementes dos rebanhos cruzados que encheram os engenhos com os enormes lubins no toutiço e com as orelhas de abano. Chegaram vacas até de Pernambuco para dormir com Maomé. Havia o outro curral para os bois de carro, o grande cercado que se estendia na bagaceira.

11

A ESTRADA PASSAVA AO lado da casa-grande, caminho de terra sombreado pelas cajazeiras, por onde transitavam os viajantes. Aos sábados subiam para a feira do Pilar, aos domingos desciam para São Miguel. De tanto vê-los guardei-os na lembrança.

Paravam na porta da casa-grande os cargueiros que vendiam abacaxi. Existia um seu Antônio da Una, velho que trazia os seus caçuás carregados de mercadoria. Descia para uma bicada na destilação e as negras furtavam-lhe as frutas. À tarde o velho Antônio voltava da feira trepado na sua égua, a balançar o corpo de um lado para o outro como se fosse cair. As repetidas bicadas tiravam-lhe o prumo da montaria.

Outro que passava de manhã, de chapéu de couro, esquipando no animal que amansava, era o vaqueiro Antônio do Engenho Novo. Este não parava no Corredor porque vinha de terras inimigas. O primo doutor Quinca, seu patrão, era potência adversária do Corredor. No Pilar o negro Antônio esquentava-se nas bodegas e fazia das suas. Dava para esquipar pelo meio da feira enquanto não se chocava com Antônio Teixeira, soldado do destacamento. Negro atrevido, com costas quentes, procurava desfeitear as autoridades e os pobres feirantes. À tarde voltava com o cavalo cansado, metido nos couros do gibão, arriado na sela com o animal em passo moroso.

Seu José Luís das miudezas, um homem branco, botava abaixo a sua caixa de mercadoria e fazia as suas vendas de alfinetes, agulhas, carretéis de linha, água de cheiro, fitas, galões. As negras da cozinha pagavam caro ao mercador. Mas seu José Luís sofria a concorrência de um italiano do Itambé que dera para aparecer nas feiras com intuitos de arruiná-lo. E era a sua conversa com a tia Maria, madrinha de uma de suas filhas. Queixava-se do italiano, homem ordinário, que trazia mercadoria de segunda para acabar com o seu comércio honesto. Umedeciam-se na fúria os olhos do seu José Luís.

Aparecia também para cortar os nossos cabelos o seu Henrique barbeiro, que trabalhava na feira de São Miguel com as suas navalhas e tesouras. Tia Maria não permitia que ele usasse em mim a sua toalha. O seu Henrique não dava uma palavra. Se meu avô não falasse com ele, ele não falaria com ninguém. Só fazia sorrir. E se a sua tesoura pinicava a minha orelha, teria que aguentar firme porque a tia Maria pegava na minha cabeça e dizia: "Menino buliçoso, o seu Henrique não pode trabalhar".

Os pobres que pediam esmolas nas feiras paravam na porta da casa-grande. O cego Torquato com o seu guia. Andava ele pela estrada com uma vara de marmeleiro, com o menino a segurá-la em uma das pontas. Cantava o seu peditório num tom pungente. E sempre trazia Nosso Senhor para pagar a caridade dos outros. "Deus lhe dê a santa glória." A santa glória! A santa glória devia ser o reino do céu, a vida de rico no outro mundo. Por um vintém de esmola Torquato oferecia uma grandeza sem conta. O guia ficava olhando para nós enquanto o cego conversava com o povo da cozinha. Sabia ele de muita coisa. E o que sabia botava para fora. Sim, estavam falando de fome no sertão. Era a seca assim como a de 1877 e ainda mais com a bexiga matando gente. A feira de Itabaiana estava um nada. A bexiga pegara no Mojeiro e tinha acabado com a rua inteira. Torquato dava notícias de Antônio Silvino. "O Capitão se escondera nos lajedos do Cariri e nem as onças tinham forças para ele. O Capitão mudava de corpo por encantamento. Passava de homem para bicho, para pé de pau." Depois saía o cego de chapéu de palha e camisa por fora das calças e ganhava a estrada com o guia segurando a vara comprida.

Mas o terror de nós vinha de um pobre. Era um homem que chegava com a mulher todo coberto de pano branco. Corríamos para não vê-lo. Não tinha quase rosto, que fora devorado por uma doença terrível. As negras fugiam para dentro da cozinha. Davam-lhe os vinténs e o desgraçado saía como uma visão de horror.

O meu avô todas as tardes sentava-se numa cadeira de palhinha ao lado de um grande banco. Já entrara o gado para o curral e os moleques tocavam a bomba que enchia o tanque para a serventia da casa. A água de beber vinha das vertentes do Itapuá, água doce e fina que se guardava em jarras enormes. Meu avô olhava para as suas posses sem arrogância de dono. Na pedra de mó os trabalhadores afiavam as foices e os facões.

Aparecia gente para pedir, ou visitas do Pilar. Os grandes da vila. Lembro-me do doutor José Maria, todo de preto, homem formado, do mesmo partido do meu avô. Sentava-se noutra cadeira e conversava um tempo enorme. Tinha o doutor José Maria filhos nos estudos e trazia notícias da política. Outros paravam para ouvir conselhos ou pedir providências. As eternas questões de terras do povo das Figueiras. Terras muito divididas e sempre em litígio. Viera o pai do meu avô daqueles mundos. Região de caatinga sem as lordezas dos homens da várzea. As pendências se eternizavam por causa de um marco que avançava mais um metro na propriedade do outro. Sem a autoridade do meu avô haveria na certa morte ou desfechos violentos. Havia por lá um irmão de Tutu Brás, chamado Antônio, protegido do doutor Quinca do Engenho Novo, querendo avançar nas terras dos irmãos. O meu avô não gostava de brigas mas sabia manter a sua importância. Tutu estava sob a sua influência. E não seria um Antônio Brás que pudesse avançar nos seus direitos. De Antônio Brás contava-se muita coisa. Vivia ele com dez mulheres dentro de casa. E botava-as todas no cabo da enxada. E à noite passavam a ser as suas amantes. Tinha mais de trinta filhos.

12

OLHAVA EU O MEU avô como se fosse ele o engenho. A grandeza da terra era a sua grandeza. Fixara-se em mim a certeza de que o mundo inteiro estava ali dentro. Não podia haver nada que não fosse do meu avô. Lá ia o gado para o pastoreador, e era dele; lá saíam os carros de boi a gemer pela estrada ao peso das sacas de lã ou dos sacos de açúcar, e tudo era dele; lá estavam as negras da cozinha, os moleques da estrebaria, os trabalhadores do eito, e tudo era dele. O sol nascia, as águas do céu se derramavam na terra, o rio corria, e tudo era dele. Sim, tudo era do meu avô, o velho Bubu, de corpo alto, de barbas, de olhos miúdos, de cacete na mão. O seu grito estrondava até os confins, os cabras do eito lhe tiravam o chapéu, o doutor José Maria mandava buscar lenha para a sua cozinha no Corredor, e a água boa e doce nas suas vertentes. Tudo era do meu avô Bubu, o velho da boca dos trabalhadores, o Cazuza da velha Janoca, o papai da tia Maria, o meu pai da tia Iaiá. A minha impressão firme era de que nada havia além dos limites do Corredor. Chegavam de longe portadores de outros engenhos. Ouvia apitar o trem na linha de ferro. Apesar de tudo, só havia de concreto mesmo o engenho Corredor.

Lá em cima, para os lados do leste, estava a mata da Areia. A caatinga florava no roxo dos paus-d'arco. O que ficava para as outras bandas? Atravessavam-se os partidos de cana, subia-se a ladeira que dava para a casa de Amâncio. Nada poderia haver que não fosse do meu avô.

A primeira vez que me chegou a convicção de que outros poderiam mandar também, foi quando apareceu Chico Marinho, um homem branco corrido do Pilar. Ouvi bem ele dizendo: "Comendador Napoleão mandou me prender somente porque eu votei no senhor". Mandava no Pilar um grande chamado Napoleão. Chico Marinho fugira do seu poder e viera se acolher à sombra do Corredor. Dias depois apareceu um cobrador de impostos a mando do comendador para levantar a relação das cabeças de gado do engenho. Vi o meu avô, um homem brando, correndo com o tipo aos gritos. Que viesse Napoleão cobrar os impostos. Era

Meus verdes anos • 43

um desaforo. No outro dia apareceu o doutor José Maria falando do comendador. Um atrevimento. Senti assim que o meu avô não era sozinho na sua força. É, mas maior do que o Corredor não haveria.

O tio Joca do Maravalha usava barbas de patriarca e a sua propriedade era um caroço de feijão junto do Corredor. Fora ele o neto querido de Num, o chefe da família, mas não fizera nada na vida. Cheio de filhos, não se contentava com os legítimos e sempre mantinha outras famílias. Cansava as mulheres com a sua virilidade de Adão. E substituía umas às outras. Na mocidade, enchera a casa de Teresa Beiçuda. Na velhice, Nana da Ponte dera-lhe vários filhos. Tinha filhos mais novos do que os netos.

As terras do Corredor espalhavam-se em várzeas e subiam para as caatingas e os tabuleiros.

De vizinhos só havia de estranho à família o Santa Fé do velho Lula de Holanda Chacon. Os partidos de cana chegavam quase às ruas do Pilar. A vila tinha quintais em terras do meu avô. Morava na entrada da rua a prima Doninha, casada com Pedro Marinho Falcão, fulminado por um ataque de congestão em 1888 e que vivia naquele lugar que meu avô lhe dera para residir. Criara aquele pedaço de terra o nome de Sítio de Doninha. A tia Maria saía para visitar as primas e me levava com ela. Doninha falava toda espantada e a filha Julita não a acompanhava nos arrebatamentos. O velho Pedro Marinho, vestido de chambre malhado de vermelho, conversava por mímicas. Perdera a fala e articulava uma língua esquisita que só era compreendida por Antônio Corcunda, filho da negra França. O velho não queria ficar calado e tomava parte na conversa. E como não sabia se exprimir, nos deixava a impressão de dolorosa angústia. Contava-se que fora um grande orador na assembleia da província.

13

Aos poucos foi o engenho criando para mim uma fisionomia mais natural. Já o via nas manhãs com os canários cantando na gameleira grande. E nos tempos de safra o apito nos acordava pela madrugada. O mestre Fausto, filho natural do meu avô, tomava conta da máquina. Era alto como o pai e só não tinha aquela sua fisionomia de mando. O engenho botava às cinco horas. Os rumores da moagem entravam de casa adentro. A tia Maria me levava para o leite ao pé da vaca. O engenho estava moendo. O meu avô no meio dos servos. Vinham chiando os carros de boi carregados de cana madura, os burros de cambitos atochados. E a fumaça subia para o céu.

A vida da casa-grande mudava de centro com a botada. Cortavam o mata-pasto da bagaceira e outra gente aparecia para o quotidiano das manobras. O mestre Cândido na casa das caldeiras, o mestre Fausto, os homens da moenda e os picadeiros tomados de feixes de cana. O cheiro do mel espalhava-se com a fumaça; adoçava tudo. O vaivém da moagem me absorvia. Punha-me a olhar o caldo que descia para o paiol, as tachas a ferver, o grosso mel batido pelas caçambas para o ponto final. O mestre Cândido viera da escravidão e nem parecia. Nele não ficara nem um grama da subserviência de escravo. Era o pai do mestre purgador Francelino. Aos gritos do meu avô, não se encolhia como os outros. Ouvia-o dizendo bem alto: "Vou para a Gameleira do doutor Lourenço!" Resmungava e, puxando por uma perna manca, de barbicha de ponta, dava as suas ordens, metia carrapato nas tachas, fazia as misturas de cal com a sua química de mestre de açúcar. Criara fama de grande mestre, e não cedia em nada na sua ciência. O açúcar do mestre Cândido tinha fama. Amarelecia nas formas e não se perdia em mel de furo nos tanques. Uma junta de bois arrastava o bagaço das moendas para secar ao sol. Na boca da fornalha os negros José Alves e Chico Preto metiam bagaço seco para fazer muito fogo aos dois assentamentos. No fim do dia da moagem, lá para as oito horas, saía a última têmpera para as formas. O engenho parava às seis com sol posto. O mestre Fausto tocava o apito e o movimento dos carreiros e cambiteiros estancava. Na venda da casa velha chegavam os trabalhadores atrás de mantimento. Farinha e bacalhau. Muitos pediam a quarta de cachaça para uma bicada. Precisavam espalhar o sangue. E contavam histórias. Os trabalhadores que vinham do Crumataú tinham a língua mais solta. Quando o primo Gilberto era vivo a venda estava sob as suas ordens. O primo bancava bicho e possuía a sua gente particular. Não queria o meu avô saber destas coisas. As negras da cozinha estavam certas de que o primo Gilberto mandava em Bubu. O jogo do bicho fazia-se em papel com a figura dos animais. Chamavam esse sistema de "careta". Os bicheiros batiam nos outros engenhos na vendagem, atrás de palpites. A notícia da sorte chegava na estação do Pilar em telegrama da Paraíba. O primo Gilberto aguentava bancas altas. Havia um cabra chamado Salvador que possuía roda de trem nas pernas. Saía de manhã com um maço de "caretas" atrás de clientes. Quando a banca sofria um baque forte, diziam-me as negras que o primo fazia o diabo com os seus agentes. Até surra dava nos seus auxiliares.

Ainda conheci Salvador no engenho, de chapéu de massa na cabeça e um lápis no bolso de cima do paletó de azulão, no seu trabalho para os banqueiros do Pilar. O bicho tomara conta dos engenhos de tal maneira que se contavam casos de proprietários arrasados na jogatina. No engenho jogavam quase todos. A velha Janoca, as tias, as negras da cozinha. Pela manhã, quando apareciam os vendedores, vinham os sonhos para as interpretações. Tínhamos uma parenta do Itambé, prima de minha avó, com o nome de Felismina, que era um verdadeiro ninho de sonhos. Sabia ela descobrir semelhanças com o impossível e tirar as mais complexas ilações. "Que bicho dá hoje, Felismina?", perguntava minha avó. "Olha, Janoca, a bem falar eu não sei, mas tive um sonho difícil de se explicar. Tanto dá para borboleta, como também pode dar para cabra." Revelava o sonho com os mínimos detalhes. Ia e vinha nas cogitações, fazendo insinuações, até que se fixava num ponto certo.

Felismina aparecia no Corredor em visita, e ficava meses e meses. Como nunca tivesse visto o trem, levaram-na para a beira da linha a ver passar os "passageiros" do horário. Uma vez a velha teve medo daquilo que lhe parecia um monstro em correria. Chegou até a chorar, a tremer como vara verde. A minha tia Maria sorria do susto da Felismina e inventava peripécias para ainda mais amedrontá-la.

14

QUANDO ADOECIA GENTE NA família, vinha médico da Paraíba. A princípio um doutor Sá Andrade que enlouquecera no dia do casamento. Depois o doutor Hardman, homem bonito, de bigodes torcidos e cheio de vida. Era bem um homem que podia dar saúde de sobra aos outros. Mas só vinham os médicos no último recurso. Geralmente aplicavam-se as mezinhas da casa, os chás de ervas. Para cólicas, erva-cidreira ou chá de erva-doce; para pancadas e feridas, arnica. Para limpar o sangue e vencer reumatismo, cabeça-de-negro em tintura. Para minha asma os terríveis vomitórios de cebola-sem-sem. O meu avô tinha uma lanceta para sarjar tumores e as pequenas operações de emergência que só ele sabia fazer. Uma ocasião cortou o dedo do pé de Chico Targino, mestre carreiro que se acidentara num mourão da moita do engenho. Um filho de Amâncio esmagara a mão no burro de puxar água, morreu de gangrena. Os purgantes de óleo de carrapateira e o café-beirão para as febres. Curavam ferida com pedra-lipes. Não se falava em hospital porque era começo de morte. E as negras afirmavam que baba de cachorro era mesmo que unguento.

No mês de junho morria muito menino. As chuvas continuadas evitavam o melhor médico da terra que era o sol. Com o rio cheio vi uma vez um dos Targinos atravessá-lo com um tabuleiro na cabeça. Era um filho morto que vinha para o cemitério do Pilar. Corri para não vê-lo. A morte da prima Lili me deixara impedido para ver de perto essas coisas. Sei que Targino parou para mostrar às negras o corpinho do filho coberto de flores. Tinha três anos, e como já fora batizado não podia ser enterrado como um pagão em terra que não fosse sagrada.

15

Com o engenho na moagem aparecia gente de fora para visitas. Chegavam amigos do Pilar e iam ficando mesmo na casa da fábrica. Levavam depois panelas de mel e cabaços de caldo. Dentro dos cabaços ficava o caldo espumando, e quando azedava podia-se beber o maduro. Os meninos não abusavam porque a fermentação chegava a embriagar.

Para mim as coisas se definiam nos seus contornos. O centro de tudo era Bubu. Mas outras presenças me surgiam. A presença do comendador Napoleão podendo botar na cadeia o homem branco Chico Marinho. Já via o Pilar como outra entidade que não o engenho. Lá estava o sobrado do comendador todo rodeado de rótulas e vidro de cor. A igreja, o padre Severino, a noite de festa. A Câmara Municipal onde o meu avô me levava para ver o júri. Havia mais alguma coisa que o Corredor.

O dia de festa no engenho se concentrava em são Pedro, aniversário do meu avô. Enchia-se a casa-grande de parentes de todos os lados: os do Itambé, os da várzea, os da cidade. Logo pela manhã Amâncio começava a fazer a fogueira de angico. Carros de lenha se punham à sua disposição e ele armava a fogueira pela glória do senhor são Pedro. Os meninos e os moleques esperavam os fogos que o velho José Vítor de Timbaúba trazia numa grande caixa de camisa. Dia de festa para o Bubu. As redes se armavam pelos quartos, abriam as cômodas de lençóis, distribuíam chinelos para as visitas que haviam chegado de botas. Formavam mesas de jogo para os ricos. As partidas de lasquinê enchiam uma mesa enorme. A velha Janoca não aparecia nestas oportunidades. Era mais um ajuntamento de homens. Era verdade que os seus sobrinhos do Itambé mereciam-lhe muito. Seu Álvaro do Aurora, seu Né do Cipó Branco, seu José do Jardim. Os homens não traziam as suas mulheres. A tia Maria fazia as vezes de senhora dona de casa. As mesas se sucediam e os talheres de prata, as terrinas de porcelana e os bules de metal apareciam luzindo nos almoços e jantares supimpas.

Era também a oportunidade para os mercadores. Seu Artur abria as suas malas de joias, o velho Zé Vítor estendia as suas peças de chita. As negras da cozinha também compravam panos baratos. À noite o velho Zé Vítor nos alegrava com a distribuição de fogos: rodinhas, pistolões, busca-pés, estrelinhas. Recebíamos, brancos e pretos, e corríamos para junto da fogueira nas comemorações de tiros e luminárias. Foi num desses desabafos festivos que me aconteceu o primeiro acidente grave de minha vida. Estava na beira da fogueira com os bolsos cheios de minhas peças quando uma fagulha acendeu um dos fogos que eu trazia. Um fogo rápido tomou conta da minha roupa. Saí a correr como um louco. Chamas me envolviam. Senti que um homem me abraçava cobrindo-me com um pano. Fora Joca Queirós que me vendo em perigo correra e, com o seu próprio paletó, me abafara a fogueira que me teria desgraçado. Levaram-me para a cama aos prantos. Não houve consolo da tia Maria que me dominasse. Só muito depois me levantei com a chegada da música do Pilar que viera festejar o novo chefe do município. Mas a figura do velho Zé Vítor até hoje ainda não me saiu da memória. Era um homem moreno, de barbas brancas, alto, com todos os dentes na boca. Quando já grande eu vi um retrato de Anatole France num dicionário e reparei que era aquele homem de França a cara do velho Zé Vítor. Mas este velho tão bonito gostava do copo. Fazia ele parte da política do tio Lourenço, chefe do Itambé e Timbaúba. Parece que negociava sem grandes arrojos. Fiel amigo, foi até o fim com o seu chefe que caíra em 1911. O velho dava-se às carraspanas e não se continha diante de uma boa aguardente de cana. Depois das festas saía com o cargueiro para os engenhos próximos, atrás de vender a sua mercadoria. Voltava à noite, e era um outro homem que surgia aos nossos olhos. A fisionomia transtornada, a roupa em desalinho, afoito nas palavras e dando carreira nos moleques. A tia Maria trancava-o no quarto com uma enorme bacia e, com pouco, o velho Zé Vítor começava a gritar em vômitos violentíssimos. No outro dia todos nós ficávamos na espreita. O meu avô achava graça nas estripulias do hóspede. Na hora do café, o velho Zé Vítor tomava o seu lugar na mesa e nem parecia aquele furacão da noite anterior. Teria que sair no trem das nove e todas as malas com as mercadorias já estavam arrumadas. Diziam que em certos engenhos aproveitavam-se das bebedeiras do comerciante para furtos.

A esses dias de festas Papa-Rabo não faltava. Meu avô tinha-o na conta de bestalhão. Chamava-se Vitorino Carneiro da Cunha e se considerava tão importante quanto os maiores da várzea. Diziam que perdera o juízo depois de umas febres. Morava em terras do engenho Maçangana, embora tivesse sido proprietário de sítio perto do engenho Beleza. Contava-se de suas brigas com o senhor do engenho vizinho. Vitorino usava um búzio e se punha na porta de casa para insultar o inimigo. Fora até os jornais com publicações pagas contra o velho Calixto. E punha apelido no engenho Beleza, chamando-o de engenho Futrica. Aos poucos caíra de condição e virara um tipo de todas as festas, espécie de bobo do rei, sem limites e domínio na língua. Podia estar em frente de senhoras, de padres, de gente da maior cerimônia, e desde que se sentisse com vontade de desabafar abria a boca nos maiores impropérios. Criara o nome de Papa-Rabo porque mandara certa vez cortar a cauda do seu cavalo. Mas não admitia que assim fosse tratado. Bastava que alguém gritasse por este apelido, para descarregar os seus desaforos cabeludos.

Em festa, na casa-grande de Maçangana, na mesa com figuras de cerimônia, começara Vitorino a falar alto, sentado no extremo oposto à tia Iaiá. E como estivesse inconveniente, a minha tia chamou uma negra e mandou-lhe um recado. Mal ouviu a ordem, Vitorino levantou-se com fúria dizendo aos berros: "Esta velha está danada porque o marido não é mais homem!" Foi uma risada geral. Contava histórias de valentia no sertão para onde fazia às vezes viagem. Podia falar à vontade que não ofendia ninguém. Para ele o meu avô era um mofino. Homem era o doutor Quinca do Engenho Novo, que tinha cabras no rifle. Mas não botava os pés na casa dessas suas admirações. Vivia do Corredor para o Maçangana, em sua montaria nos ossos. As negras da cozinha não brincavam com ele. Era um branco e bastava. A cara gorda e amarela do velho, de bigodes raspados, no tempo ainda dos bigodes, parecia de mentira. Os grandes mandavam que os pequenos o enfurecessem. Era só gritar pelo apelido e lá vinham os nomes feios. Vitorino aperreado virava bicho, e saía de tabica atrás da gente. Se nos pegasse, seria o diabo. Mas as suas pernas trôpegas não davam para nada. Ficava ofegante, os lábios tremiam, parava para um canto, incapaz de ação, sem força para falar. Meu avô não gostava dessas brincadeiras. O primo Raul do Gameleira tinha o dom de irritar Vitorino.

Que ele não tinha medo de ninguém, isso não tinha. Quiseram experimentá-lo numa festa no engenho Vigário. E armaram as coisas para um desfecho de morte. Simplício Coelho, com lâmina de madeira prateada, esperou o momento de fazer Vitorino correr. Os dois começaram uma discussão violenta. Em dado instante Simplício se fez nas armas, e, arrastando a navalha, avançou para o velho. Aí viram uma coisa extraordinária. Sem saber que aquela arma era somente simulação, Vitorino atracou-se com Simplício e foi direto à lâmina da navalha aberta. A sua coragem era de um louco.

Diziam que o senhor de engenho Beleza só vendera a propriedade para fugir das afrontas do Vitorino. Apresentava-se ele como um Carneiro da Cunha da Paraíba e se gabava de branquidade. No entanto se casara com uma parda, de quem apanhava como menino. Tinha horror aos negros, e o preto Mendonça, cria de Maçangana, sofria o diabo em suas mãos. Quando chegava à mesa do engenho e encontrava Mendonça sentado, não havia jeito de ficar. E gritava: "Negro só mesmo são Benedito, e isto porque está no céu". Mendonça se enfurecia e se atritava com o velho. Cazuza Trombone, o senhor de engenho, achava imensa graça em Vitorino. A tia Iaiá não o suportava mas tinha que aturá-lo de qualquer maneira.

Em política Vitorino estava sempre do outro lado. Senhor de engenho para ele era uma casta de gente desprezível. Falava mal de todos. Desde que o viam na estrada num cavalo velho, sabiam logo que Vitorino mudaria o ambiente. Lá vinha ele no passo ronceiro do animal cansado, de corpo banzeiro na montaria, e se um moleque gritava "Papa-Rabo!", espigava-se como se tivesse recebido uma chibatada. E levantava os braços com um cipó-pau em uma das mãos pronto para investir como um leão: "É a mãe, filho de uma puta!" Chegava-se para apear lívido de raiva. A tia Maria mandava-lhe oferecer uma xícara de café, enquanto Vitorino soltava a língua:

— Não estou com fome, não sou homem para correr atrás de mesa de senhor de engenho!

Se o engenho estava moendo, ia conversar com o meu avô. Não perdia tempo em escutar os outros. Falava sozinho e as suas opiniões eram definitivas. Lia os jornais e trazia um noticiário todo especial.

O fim do mundo era um motivo constante de suas prosas:

— Vem aí o cometa, não vai ficar ninguém para semente, vão morrer homens e bichos.

E passava a registrar as desgraças:

— Quero ver a lordeza do Lourenço do Gameleira. Quero ver o sobrado de Quinca Napoleão na poeira. Os ricos e os pobres. Os brancos e os negros. Desta vez não fica a Arca de Noé. É o fim do mundo.

Na mesa do almoço continuava:

— É preciso casar esta moça, está tão magra que nem novilha de Lula de Holanda.

O meu avô não dizia nada, mas a velha Janoca com Vitorino em casa não ia à mesa.

— Manteiga boa – dizia ele — só se come na casa de Trombone; aquilo que é mesa. Estive no sul de Pernambuco e é ali onde o senhor de engenho come do melhor.

Mas a história do fim do mundo me deixava aturdido. Perguntei a tia Maria se era verdade e ela me disse:

— Não vá atrás de história de Vitorino.

O fim do mundo! As negras da cozinha andavam com medo.

Neco Paca, que vendia ovos na Paraíba, viera também com aquela conversa. Era que o rabo do cometa ia bater na Terra. E o mundo se acabaria. Ouvi Generosa com medo, a dizer que só descansaria se Doroteia estivesse com ela.

— A gente deve morrer tudo junto.

A sua filha Doroteia morava em São Miguel de Taipu, casada com Epifânio que tomava conta do cemitério. Neco Paca tinha fama de virar lobisomem. Andava de noite pelas estradas, aproveitando as sombras com receio do sol, pois sofria de amarelão. Fazia medo olhar para a sua cara cor de barro. À noite fazia a sua viagem a pé, com destino à cidade. Levava cestos para vender na capital. A sua fama de lobisomem se difundira de tal maneira que os meninos corriam de Neco Paca. Na cozinha chegava ele e lhe davam um prato de comida. Fazia compras para as negras e até tia Maria encomendava a seu Neco pequenas necessidades no comércio da Paraíba. Tinha porém Neco Paca um defeito. Através dele se fazia uma espécie de correio perigoso. Parava no Outeiro e trazia história da prima Emília inventando mentiras. A minha gente sempre gostou de mexericos. Lembro-me das histórias das brigas do meu avô com o seu primo carnal do Outeiro, que fora seu cunhado nas primeiras núpcias.

Uma manhã estava com a tia Maria no jardim quando passou numa carreira desembestada um negro a cavalo.

— Negro do Outeiro – disse a tia. — Deve ter havido alguma coisa por lá.

Tinha morrido de repente o primo Lola.

16

A VIDA REAL DO engenho girava sobre os invernos. Região seca nas proximidades da caatinga, tudo no Corredor dependia do bom ou do mau inverno. As secas puxadas podiam até extinguir as sementes de cana. A maior, a que dera a meu avô momentos de desespero, foi, se não me engano, a de 1907. Sei que nem havia farinha nas feiras por preço nenhum. A calamidade atingira o Corredor em cheio. Aparecera a chamada "farinha do barco" trazida do sul do país em navio. Só comia dela o povo, para não morrer de fome. Era grossa e azeda. Os trabalhadores apareciam de olhos fundos. A gente de Crumataú descera para o refúgio do engenho parado. O meu avô pagava um dia de serviço com uma moeda de cruzado. E dava mel de furo ao povo. A destilação parou de fazer cachaça para que a matéria-prima servisse de alimento aos necessitados. Desciam do sertão pela estrada levas e levas de pobres famintos. Pela primeira vez vi de perto a fome. Meninos nos ossos, mulheres desnudas e homens arrastando-se sem forças. Paravam por debaixo do engenho e meu avô mandava distribuir farinha do barco com mel de furo.

No outro dia partiam para a capital. Muitos falavam do Amazonas e do Acre. O governo dava passagem para as terras onde as águas corriam de inverno a verão. E o céu claro e o sol de torrar. O meu avô se queixava compungido de que nunca vira seca igual. Só no ano desgraçado de 1877. Mas naquela era mandara o imperador fazer uma estrada nova lá por cima, no Crumataú. Nunca vira o Corredor assim sem um pé de cana. Já estávamos em janeiro, e nada de anúncio de chuva.

Ficavam os moleques horas e horas a olhar de noite lá para os lados das cabeceiras do Paraíba. Lá uma noite chegou o moleque Rivaldo para dizer quando todos nós estávamos na mesa de chá:

— Tá relampejando muito nas barras.

O meu avô correu e correram todos para ver se era mesmo verdade. Ficaram a espreitar o vermelho do relâmpago. Abriu-se um como olho de fogo, uma chama de olhar de gato na noite escura.

— É verdade, é chuva no sertão.

A voz do meu avô estava trêmula. O homem duro chegara a se comover. E tossia alto para que não o vissem na comoção. Na outra noite os relâmpagos se firmaram mesmo. A conversa da cozinha ganhara outra animação. É chuva no sertão. Dois dias depois vinham de volta sertanejos que não resistiram à saudade da terra ressuscitada. Já voltavam com outra cara. O sol que lhes tirara tudo seria dominado pela chuva do céu. O Paraíba não tardaria a descer. Chamavam a primeira cheia do rio de "correio do inverno". O céu se avolumava em nuvens brancas. Eram os carneiros pastando. As notícias se amiudavam sobre as chuvas. Uns falavam de muita água no Piauí, outros já sabiam que no Ceará os rios estavam correndo. E começava a fazer um calor dos infernos. A negra Generosa garantia que aquela quentura era aviso de cheia:

— Vem água descendo.

Depois surgiam rebates falsos. O telegrafista do Pilar recebera aviso de cheia muito grande no Cariri. Meu avô já não tinha dúvida sobre o inverno. Semente de cana viria do Gameleira do tio Lourenço, uma nova espécie chamada flor-de-cuba. Afinal a seca servira para isto. Ia ficar livre da cana-caiana tão sujeita aos bichos. Quando o rio chegava, corríamos para vê-lo de perto. A cabeça da primeira cheia era como se fosse um serviço de limpeza geral do leito. Descia com ela uma imundície de restos e matérias em putrefação. Bois mortos, cavalos meio roídos pelos urubus. Aos poucos o Paraíba começava a limpar. O leito coberto de juncos, as vazantes de batata-doce cediam lugar ao caudal que se espalhava de barreira a barreira. Água vermelha como de barreiro de olaria. À noite os búzios dos moradores enchiam o silêncio de um surdo gemer. As águas derrubavam barreiras, subiam em ondas, dançavam em redemoinhos. O inverno estava ali.

Agora o Corredor dividia-se em dois. As terras do outro lado do rio, onde havia a várzea da Paciência, pareciam de outro mundo. A canoa posta em condições pelos tanoeiros era um caminho de todos os instantes. O céu ainda estava descarregado. Mas aos poucos nuvens pretas se formavam lá para as bandas da Conceição e a primeira pancada d'água caía sobre a terra para lhe matar uma sede de meses e meses. Com as primeiras chuvas o meu avô sorria com o tempo. Corriam as biqueiras e a estrada no segundo dia parecia um mar, tomada de lado a lado pelas águas. O Corredor criava outra fisionomia. O gado logo às primeiras babugens purgava-se de verde novo. Voltavam do pastoreador borrados. Um mês após, tudo estava verde. As árvores da caatinga que se desfolharam enchiam a vista de viço. Chegava o feitor Chico Marinho na cozinha para falar dos roçados em preparo. A terra tinha mais de três palmos de umidade. Invernão. Os trabalhadores apareciam de saco vazio atrás de semente, de milho e feijão, e quando a chuva quebrava o lombo dos homens do eito, meu avô mandava parar o serviço e todos vinham para uma bicada na destilação. Havia uma alegria da cabeça aos pés.

Invernão. Apareciam as febres, as sezões que faziam os corpos tremerem como vara verde. Mas não demoravam muito. O café-beirão curava os ataques e aos poucos tudo voltava à vida do macassa verde, das espigas de milho. O engenho se recompunha. A terra se mostrava com mais vigor. As plantações de feijão-de-corda cobriam as várzeas, enquanto pelas encostas da caatinga os roçados de meu avô não tinham tamanho. No Riachão morava Massu. Uma vez,

58 • José Lins do Rego

dormindo por debaixo de um juazeiro, entrou-lhe pelo nariz uma varejeira e pôs-lhe ovos que lhe roeram as ventas. Meu avô entregara-lhe a vigilância sobre as matas do Riachão. Era um homem pacato mas raivoso. Se ousassem bulir mesmo nos paus da capoeira teriam pela frente a espingarda de dois canos de Massu. Para ver o roçado de quarenta cinquentas do meu avô, subíamos com a tia Maria, com as negras da cozinha e os moleques de Avelina. Tínhamos que andar uma meia légua a pé. Fui sentindo o caminho todo coberto de flores. Corríamos na frente dos grandes. Minava água no pé das ladeiras. Era um mundo novo que me arrebatava. Na casa de Massu paramos para falar com sua mulher, de pano na cabeça, toda queixosa de febre nos meninos. Bebemos água barrenta no caneco de flandres da casa e comemos batata-doce assada.

Dois dias depois apareci com febre. Estive mais de mês de cama. Viera João José, farmacêutico no Pilar, e falou com a tia Maria em voz baixa. Fiquei a me lembrar da prima Lili. Morreria também como ela? Foi nesses dias de cama que a morte me apareceu para me atemorizar. Não podia comer nada. Moleque Ricardo vinha brincar comigo e não sentia a sua presença. Se saíam de perto de mim, me agoniava.

A febre afinal passou mas me deixou inteiramente arrasado. Quando pela primeira vez a tia Maria abriu a janela que dava para a gameleira, o mundo que eu vi era bem outro. Foi aí que comecei a ver o céu, a ver que o céu azul era uma maravilha, a ouvir a cantoria dos pássaros, a sentir o cheiro dos jasmineiros. A tia Maria me deu um gramofone de cilindro, para brincar, e que não funcionava mais. Apenas moviam-se as rodas da máquina como num engenho. Dava-lhe cordas e punha-se a mover a engrenagem. Aquilo me valia como o maior espetáculo da minha meninice. Veio-me um apetite desesperado. Mas moderavam a minha ganância. Tudo fazia mal. Tinha que medir as minhas vontades. Agora já estava por baixo da gameleira grande. Comigo ficava moleque Ricardo. Ricardo podia levar sol e chuva e nada sucederia, tomava banho de rio, montava a cavalo, tinha pontaria no bodoque e sabia assobiar como os concrizes, comia fruta verde sem susto. Admirava o moleque Ricardo e o colocava em plano superior aos outros. Podíamos ter seis anos de idade.

17

DE QUANDO EM VEZ Chico Pechincha parava no engenho. Lá vinha ele debaixo de suas gaiolas, só deixando de fora a cabeça e as barbas brancas, rompendo do meio das grades de junco. Pechincha vivia a vender passarinhos nas feiras. Mal aparecia, corria para junto dele. Aboletava-se na horta e armava os seus alçapões atrás dos canários amarelos, dos galos-de-campina, das patativas.

Sabia o velho de muitas coisas. E o que ele sabia enchia a minha imaginação. Os pássaros para ele eram a sua vida. Tivera um curió de primeira, que vendera por cinco mil-réis a um inglês da estrada de ferro. Pegara o bichinho no Engenho Velho de Quinca Napoleão. Pois nem esperava por aquilo. Botara o seu alçapão com o fim de prender canários e qual não fora a sua surpresa! Tinha pegado um curió. E o bicho cantava como um desadorado. Criara amizade ao bichinho. E a necessidade fizera que ele entregasse o curió ao inglês por cinco mil-réis. Tudo foi obra da sua mulher, que lhe falava todos os dias: "Chiquinho, tu precisa negociar este curió. A gente não pode ter luxo de passarinho." Vendeu-o com gaiola e tudo ao inglês. E passou mais de um mês sem dormir pensando nele. Cantava de madrugada com tanta força que incomodava ao vizinho, um tal de Jacinto, que não sabia o que era beleza de um canto de passarinho. Ainda hoje, quando se lembrava do curió, tinha vontade de chorar.

— Menino, eu pego passarinho, mas até tenho vergonha do ofício. Olha aquele canário que está naquele pé de goiabeira. A gente bota o alçapão e ele vem cair na esparrela. Nunca mais que ele canta como está cantando. Perde a voz, e há até muitos que morrem.

Trazia comida para Chico Pechincha, furtava queijo do armário da velha Janoca para o velho. E ele sorria para mim.

— Já fui uma vez a Mamanguape atrás das patativas do engenho Pindoba. Qualidade de luxo. Trazia numa gaiola para mais de sessenta patativas, quando fui cair numa furna de ladrões de cavalo. Tomaram-me as gaiolas e quebraram tudo. Apanhei tanto que fiquei de perna quebrada para toda a vida. Mas Deus me vingou. A força da Paraíba cercou os desgraçados e sangrou um por um. Perdi as patativas de Mamanguape e me aleijaram. A minha mulher chegou a me dizer que eu não pagava inocente. Não perseguia os passarinhos?

Pechincha parava de falar. Ficava a olhar para as suas armadilhas. Quando acontecia cair alguma vítima, levantava-se devagar, abria uma portinha da gaiola grande e o pobre canário vinha para a companhia dos outros. A princípio batia as asas em desespero, e aos poucos se aquietava. Pechincha voltava para o posto de observação a espreitar.

Também negociava com raízes de ervas para remédio. As negras achavam que o velho era feiticeiro. E por isto temiam quando ele passava pela estrada.

— Lá vai ele carregado de passarinhos. Vai levando tudo para os negócios do diabo.

Mas acreditavam nas mezinhas dele. À tarde ia-se embora com a safra do dia. As gaiolas cobriam-lhe o corpo e só lhe apareciam as barbas compridas e brancas. Os olhinhos de Pechincha quase que se perdiam no bosque das sobrancelhas que mais pareciam ramagem de cipó velho.

Meu avô já estava na cadeira ao lado da banca e o gado se recolhia aos cercados e os moleques tocavam a bomba. Os gansos cercavam Pechincha num alvoroço de agressão. O velhinho desviava-se daquelas fúrias e saía estrada afora. Deixava-me saudades. A tia Maria não gostava daqueles meus pegadios. Talvez que o medo das negras também fosse o seu.

E vinha chegando a noite, as portas se fechavam por causa dos mosquitos, enquanto a negra Pia acendia os candeeiros de mangas bojudas.

A ceia viria mais tarde. Estavam em cima da mesa do aparador os bules de chá nos abafadores bordados de vermelho e azul. A velha Janoca punha-se a espirrar como se marcasse as horas. Era sempre assim de manhã e à boca da noite. Apareciam os jornais do Recife, a tia Maria passava a ler os folhetins, a tia Naninha escutava aquela leitura embevecida. E as notícias do cometa punham um tom de terror às conversas. Os jornais davam detalhes do que seria o fim do mundo. Ficava-se em torno da mesa a escutar a tia Maria na leitura.

O meu avô ouvia a conversa do feitor Chico Marinho com informações sobre o serviço. Havia sempre queixas contra moradores que não apareciam para o eito. E também reclamações contra gente do Engenho Novo que estava subindo as caatingas para botar roçado em terras do Corredor. A velha Janoca, quando por acaso tomava conhecimento dessas coisas, enfurecia-se:

— Cazuza não podia deixar Quinca do Engenho Novo meter-se a grande.

Quase sempre meu avô desviava o assunto e pedia mais dados sobre os partidos de cana, sobre os roçados de algodão.

À hora da ceia a velha Janoca já estava recolhida. E todos nós nos púnhamos à mesa para a última comida. O chá era servido com beiju de goma, inhame, pamonhas e requeijão feito pelo velho Amâncio.

O meu avô passava a contar as suas histórias. Eram fatos dos antigos da família, episódios da guerra de 1848, da cólera-morbo, das enchentes do Paraíba. Falava com a voz arrastada e contava tudo com os nomes e as datas. Muito falava do seu avô Num, do seu tio Henrique, do doutor Quinca do Pau Amarelo, das lutas do partido na Monarquia. O primo Baltasar de volta da feira de Itabaiana parava no Corredor para pernoitar. Era o maior leva e traz da família. Vivia em terras do meu avô sem pagar um vintém. Mas quando chegavam as eleições votava no seu primo do Engenho Novo, somente porque fora liberal nos tempos passados. Vinha sempre acompanhado do filho Oscar, um cara de pau que só abria a boca para comer. Baltasar falava de mansinho, trazendo para a conversa coisas de sua vida. Os seus animais de montaria criaram fama na várzea. Ele mesmo gabava uma burra que tinha marcha de seda. Podia carregar um copo d'água bem montado no seu animal sem que derramasse uma gota. A mulher de Baltasar chamava-se sinhá Chica e já se acostumara com a vida do marido, de engenho a engenho, em constantes visitas aos parentes. Ao contrário dos primos, o velho Baltasar não se dava a ligações fora do matrimônio. Os filhos que tinha eram de sinhá Chica. Seu filho Lucindo dava-se a importante na política. Era a sua maior satisfação, referir-se a fatos do filho ligado aos acontecimentos do estado. Mas quando se voltava para a sua infância, Baltasar fazia-se humilde. Muito sofrera na escola do Pilar regida por um negro. Apanhava tanto que um dia passou na porta da aula o pai do doutor José Maria e disse ao negro: "O senhor só faz isso porque esse menino é um órfão". Neste dia apanhou mais do que nos outros. O meu avô também fora da escola do negro e nos contava:

— Uma vez a lamparina da aula se apagou com o vento e um menino gritou: "Estamos todos da cor do nosso mestre!" Nesta noite a palmatória não parou.

Sabia o meu avô a história dos antigos, de um Francisco Antônio de Itapuá, senhor de engenho que quase matara de surra a um professor chamado "Cabeça de Púcaro", porque o supunha responsável pelo desaparecimento de moedas de ouro de sua casa. O homem era inocente e Francisco Antônio teve que ir a júri. As histórias do major Ursulino, o mais cruel dos senhores de escravos da várzea, eram constantes no meu avô. Negro para Ursulino era para morrer no trabalho e na peia.

Dormia com a cabeça no colo da tia Maria. Saía da mesa para a cama. E que sonhos poderia ter? Só sei que depois das febres já me sentia com outros desejos. Os cachorros do engenho chamados Jagunço, Amigo e Baronesa cercavam a casa-grande como sentinelas. Imagino-os hoje enormes: Amigo, todo vermelho, a latir furiosamente para os pobres cachorros magros dos moradores que passavam pela estrada; Jagunço, preto com uma estrela na testa; Baronesa, esguia, de cintura fina e peitos caídos. Contava-se que certa noite passara pelo Corredor, em carro de boi em viagem para São Severino dos Ramos, uma parenta nossa que fizera promessa para chegar de rota batida na milagrosa igreja de Pau-d'Alho. Parara na porta do engenho para conversar com as primas. Pois bem, já de manhã fora encontrar os três cachorros deitados em volta de uma bolsa de dinheiro que a prima deixara cair. As negras atribuíram o fato a um milagre de são Severino dos Ramos.

18

A TIA MERCÊS MORAVA no engenho Santo Antônio. Casara-se com um bacharel da Paraíba, o doutor Moreira Lima, juiz em Pilar. A prima Lili, criada no Corredor, era cria da tia Mercês. A velha Janoca tinha essa sua filha como a preferida entre todas. Quando chegavam no Corredor os meus primos do Santo Antônio, a tia Maria me cobria de defesas contra as impertinências da avó. Tudo se fazia para os primos. Vinha a tia Mercês restabelecer-se dos partos nas galinhas gordas da velha Janoca. Muito branca, de olhos azuis, parecia uma sombra de vida. As negras diziam que tudo aquilo era em razão de sangue vertido no parto. O Corredor passava a viver para a recuperação da tia desfigurada. O marido, um homem magro, de cabelo à escovinha, não dava atenção a ninguém. Nunca o vi na cozinha, nunca o vi em conversa com meu avô. Deitado na rede da saleta, lia maços de jornais trazidos da cidade. A rede rangia nos armadores e o doutor Quinca calado, de cara fechada, a ler.

Os primos, mais taludos do que eu, corriam o engenho de lado a lado. Eram louros, sem medo de nada, e para eles não havia segredo na despensa da velha Janoca. Sofri o diabo nas mãos deles. E era por isto que a tia Maria me prendia dentro de casa.

— Não vá atrás dos filhos de Mercês. São meninos sem-termos.

Sentia uma atração de mariposa pelos primos. Silvino e José tinham o mesmo fôlego dos moleques e não lhes faziam mal a chuva e o sol. Os moleques se passavam inteiramente para eles. A tia Mercês não podia ser incomodada e o marido não tirava os olhos dos jornais. Sabiam demais os primos do Santo Antônio. Sabiam tanto que não havia segredos para eles. E tanto não havia que andavam pelo cercado em libertinagens com as vacas. Havia uma vaca chamada Selada, com defeito na espinha. Quando ia chegando a boca da noite, os moleques corriam com os primos para os fundos do curral. Com pouco mais chegava-se para junto deles a pobre Selada. E começavam a servir-se dela uns atrás dos outros. A vaca não se movia do lugar, enquanto Silvino ou Zé Moreira subia no barranco para cobri-la. Depois passei a fazer parte do grupo dos libertinos. Mal chegava do pastoreador o gado, ficávamos a rodear a vaca Selada. Aconteceu que o primo Silvino não mais se contentava com a mansidão da escolhida e procurou seduzir uma égua branca que viera do engenho Fazendinha, com fama de raceada. Aí a coisa daria em desastre. O animal sacudiu as patas num coice que derrubou o primo no chão desacordado. O estribeiro Zé Guedes correu para o menino estendido, e todos nós fugimos do lugar com passos assustados. Descobriram tudo e os cabras do eito passaram a fazer troça das nossas safadezas.

Um negro do Anta contava a história de um homem de sua região que vivia amigado com uma burra. E gostava tanto do animal que até enfeitava a bicha com fitas de mulher. Só faltava ter filhos. E a vaca Selada passou a ter o nome de Mestra. O fato propagou-se pelos outros engenhos a tal ponto que quando chegavam visitas iam logo no deboche. "Onde está a rapariga dos meninos?", perguntava o César, escrivão de São Miguel, e dava risadas gostosas.

19

Passavam raparigas pela estrada. Vinham do Pilar aos domingos para a feira de São Miguel. Andavam a remexer o corpo, traziam sempre flor nos cabelos e os chinelos na mão para melhor caminhar na areia. Quando a tia Maria as via, chamava-as de atrevidas. Havia uma com o nome de Zefa Cajá, nascida no Corredor. Uma parda de cabelos curtos, filha de uma escrava com gente branca. Esta atravessava a estrada sem a desenvoltura das outras e até parava para conversar com alguma negra da cozinha. Ouvia falar muito dela entre os trabalhadores do Crumataú. Diziam que já tinha desgraçado um soldado do destacamento do Pilar. O rapaz abandonara a mulher por causa dela e tivera baixa pelas brigas em que se metera. "Tem fogo de assentamento por debaixo da saia." Raparigas do Pilar faziam a feira de São Miguel. Os cabras fugiam das mulheres de boca de rua com medo das doenças do mundo.

A tia Maria não gostava das festas de São Miguel. Os parentes daquelas bandas não se davam bem com a gente do Corredor. Mandava em São Miguel o doutor Quinca do Engenho Novo.

As filhas do tio João, do Recife, homem de sociedade, cheio de genros lentes da Academia, vieram passar uma temporada em casa do primo doutor Quinca. A casa-grande do Engenho Novo recebia assim moças acostumadas com o luxo da grande capital. E aconteceria um episódio que ficou marcado para sempre nas conversas e mexericos da várzea. A prima Marocas, casada com o doutor Godói, do Rio, escreveu para a irmã em Recife uma carta dando as suas impressões sobre a terra e a gente. A agente dos Correios de São Miguel era a prima Nana Lopes. A carta foi aberta. E estava escrita em tais termos que tiraram cópias. A prima Marocas havia escrito um depoimento terrível sobre os parentes. Lembro-me de trechos desta carta decorados pela minha tia Maria. Nana, que não gostava do doutor Quinca, mandara para este uma cópia. O brabo doutor Quinca leu os maiores agravos à sua pessoa, com referências desprezíveis à sua casa. E não teve dúvida, sacudiu as primas para fora. E vieram elas se abrigar no Corredor. E o escândalo correu mundo. A carta da prima Marocas valia para os parentes do lado de cá como verdadeiro ouro em pó. A irmã de Marocas, a linda moça Iaiá de Barros, escrevia ao meu avô com frequência. Quando estivera na Europa, comprara em Portugal objetos de prata para a serventia do Corredor. O incidente com a irmã ainda mais aproximaria as filhas de tio João da nossa gente. Traziam as moças escorraçadas do Engenho Novo uma menina de cabelos pretos que seria a minha primeira paixão. Nem me lembro mais do seu nome. Sei que brincávamos por debaixo da mesa de jantar, tão pequenos éramos. Não era uma menina como as outras. Não tinha a brancura da prima Lili e nem falava como nós falávamos. Parecia-me uma visagem de sonho. Tudo o que dizia era bem explicado. Foi a primeira vez que eu ouvi falar de navio. Sim, podíamos ir de mar afora, dias e dias, sem que víssemos terras, e para chegar a lugares mais distantes do que o Pilar. E podia chover e fazer sol e podiam as ondas subir e o raio cortar o céu. Nada podia com os navios. Eles andavam sem remos e sem velas e tinham cama para se dormir e banheiro de torneira. A prima andara mais de uma semana por cima das águas. A negra Galdina me afirmara que tudo era verdade. Ela também viera assim da Costa d'África. Ah!, como doía nas costas o chicote do homem que mandava nos negros. De manhã se subia para ver o sol. Todos estavam nus e fedia o buraco onde tinham que dormir. Mas de noite ouvia um rumor de bater de asas. Asas brancas que voavam por cima dela. Era o voo das almas que não podiam voar para o céu. Todas as noites elas vinham bater pelas janelas do barco. Elas só podiam voar para o céu, saindo da terra. Os corpos dos que eram sacudidos na profundeza do mar não davam almas nem para o céu nem para o inferno. A negra Galdina, de olhar assim como o da cachorra Baronesa, de beiços caídos, contava para nós as histórias da África. Em língua estranha, soava o gemido da negra vovó. E mexia com os pés inchados, num sacudir de balanceado de terreiro. A prima e eu não entendíamos nada e era como se entendêssemos.

— Ah meninos, eu era assim do tamanho de vocês dois e vi um homem que me abriu a boca, que me encarcou nas gengivas e me apalpou as pernas e depois me ferrou com ferro de fogo, levando a gente para uma casa muito grande, onde vi outros negrinhos chorando. Ele me entregou a outro homem, me botaram em cima de um carro de boi com outros negros maiores. E foram levando a gente por um caminho todo coberto de mato. Davam água de beber e angu para a gente. Fui crescer no engenho Jardim, do capitão João Álvares. De noite ainda vejo os pássaros grandes em cima do telhado do quarto. As almas ainda não me abandonaram.

Outra africana sobrevivente era a que chamavam tia Maria Gorda. Tremenda negra, perto de quem não podíamos chegar. Esta guardava no coração o ódio de todos os oprimidos. Dormia no último quarto da senzala e gritava contra tudo o dia inteiro. Não falava a mesma língua de vovó. Era de outra nação.

Romana, assim do tamanho de um menino de dez anos, só tinha de grande a cabeça comprida como um mamão-macho. Vivia a sorrir para o tempo. Fora ama de pegar de meu avô e viera da África ainda se arrastando. Tinha sido escrava dos Leitão, das Figueiras. Um seu filho chamado Isidro se empregara com um inglês da estrada de ferro. Fora com o patrão ao Rio e voltara de lá de língua atravessada contando grandezas. O negro Isidro ainda guardava uma farda que vestia na casa do inglês. Mas possuía o dom da narrativa. Tudo o que contava se parecia com a verdade. Como a prima estivera no Rio, vinha ele para nós com as suas histórias cheias de detalhes. Estivera na guerra de Floriano e marchara depois para a guerra de Canudos, onde perdera um braço. O frio do Rio, as frutas do Rio, as mulheres do Rio. Isidro chamava macaxera de aipim, jerimum de abóbora e falava mal dos trens. Trens eram os do Rio, onde havia quarto para se dormir e banheiro. Aquilo é que era trem. A prima exagerava ainda mais. Tudo o que havia no engenho não valia nada.

20

Os fuxicos corriam de engenho a engenho. A história da carta da prima Marocas provocara comentários do tio Lourenço, chegado do Recife. Só mesmo a grosseria do Quinca poderia agir daquele modo. As primas falavam francês entre elas. Até a minha companheira sabia a língua dos grandes. Se estavam a sós, traçavam línguas. O meu avô não se importava com o francês das filhas do tio João. Bem sabia ele que as suas parentas podiam ter aquele luxo. O marido da prima Sinhazinha havia sido presidente da província de Alagoas. Chamava-se João Vieira e era lente em Recife. A tia é que perdera a tranquilidade. Tinha agora de andar de meias o dia inteiro e fazer sala às primas da capital. As conversas eram outras. A negra França apareceu um dia nos seus azeites e foi o diabo. Entrou de sala de visitas adentro e se pôs a dizer as coisas mais feias. A tia Maria quis evitar, mas não foi possível.

— Cala a tua boca, Maria Menina – gritava a França. — Vai procurar homem para te casar. – E se dirigindo para as primas amedrontadas: — Quem são estas raparigas?

Firmina apareceu como uma providência:

— Comadre França, são as filhas do doutor João Lins, do Recife.

E saiu com a negra enfurecida pela cachaça. Quando mais tarde o meu avô soube do incidente, achou graça e procurou as primas para explicar. Tudo porém já estava em bons termos. França cantava o "bendito" na casa da farinha e as primas riam-se a valer.

Mas o meu coração começava a bater pelo amor. Era de fato amor aquela vontade de olhar sempre para a prima de cabelos pretos, e amor que se exprimia por uma espécie de ciúme a me atacar quando a via nos afagos com os outros. Nem me lembro do seu nome. Sei que andávamos pela horta atrás de frutas. Havia uma jabuticabeira que não crescera para o alto e se deitava pelo chão, acocorada, com os galhos fazendo uma camarinha de folhas secas. Entrava ali com a prima à procura de comer os frutos macios e doces. No sombrio daquele recanto reparava na beleza da companheira da cidade. Corríamos para a beira do rio. O marizeiro grande, onde amarravam a canoa, espalhava os seus galhos como um autêntico rei. Cantavam todos os pássaros pelos seus ramos imensos. As ingazeiras debruçavam-se para a beira do rio com os seus troncos por onde cresciam barbas-de-bode. Chico Pechincha me falava de um concriz que cantava naquelas bandas. Era pássaro de muita qualidade. Saí com a prima para descobrir o mestre de tanta riqueza. Mas não o víamos. Somente os canários e os galos--de-campina abriam o bico e estalavam as suas cantorias. Mais para longe ficava o cemitério dos bois, onde as almas dos bichos viravam zumbis. Por lá os urubus pousavam na espreita das carniças. Abandonara os moleques pela prima. Andávamos de pés no chão. Uma vez um espinho entrou-lhe dedo adentro e arranquei-o com orgulho de gente grande. Lembro-me como se fosse hoje. O meu coração bateu de alvoroço, quase a pular de meu peito. Vi a periquita da prima e aquilo me arrastou para a libertinagem da casa dos carros. Atravessou-me as carnes do corpo uma faísca que me queimou. Quis correr para não ver e a menina pegou nas minhas mãos e se grudou a mim. Desabrochavam botões de flor ao calor de um sol misterioso. Até hoje sinto nas minhas mãos aquela quentura de fogo. Depois corri como doido pela estrada afora. Deixara a prima no esquisito das moitas de cabreira e corri com todas as pernas para que não me vissem no gesto impudico. A negra Pia me segurou no passadiço:

— O que é que tu tem, menino?

Era que estava tremendo. Tinha visto uma coisa de assombro. Tinha sentido uma presença de demônio. Corri para a tia Maria, e, como não a encontrasse, deitei-me na sua cama para ver se fugia de mim aquele medo que era ao mesmo tempo o alvorecer de todo o meu corpo. Viram-me deitado e pensaram logo que estivesse doente. Bubu passou as mãos pela minha testa e não encontrou febre nenhuma. O calor que me queimava era de dentro, das entranhas, provocado por aquela visão da prima.

Numa manhã se foram e para mim não havia mais mundo. As negras mangaram da minha tristeza e puseram-se a debochar de mim:

— Dedé está viúvo.

21

O ENGENHO DO MEU avô não era aquele mundo que eu imaginava. Fora dele havia lugar para a prima. Poderia ela navegar em navio pelo mar. E atravessar paragens que eu não podia ver. A vovó Galdina fizera viagem de dias e dias com os pássaros brancos batendo asas. Podia sair de estrada afora, andar e andar como aquele judeu errante que conheceu gente que não era minha. Fora-se a prima e agora com os acessos de asma ficava deitado no quarto da tia Maria com as janelas cerradas. Faziam-me mal o vento, o sol, o mormaço. Os acessos me arriavam. Os ombros subiam e em vão procurava ar para respirar. Tudo se trancava para

Meus verdes anos • 73

mim. Um piado de gato rompia de meu peito congesto. E assim me reduziram a um nada, sujeito aos vomitórios que me arrasavam. Mas a prima estava ali naquela cama de madeira. Senti a primeira saudade de minha vida. Podia ouvir a cantoria dos canários da gameleira grande. Cobria a minha testa com folhas de pinheiro para abrandar a dor de cabeça que me arrebentava os ossos quando tossia. A prima e aquele gesto de suas mãos à procura das minhas mãos para que pudesse sentir de perto o calor de suas partes escondidas. A periquita da prima da cidade. Via-a em sonhos. Quando a velha Totônia aparecia para contar as suas histórias de princesas encantadas, a sua princesa teria aqueles cabelos anelados e aqueles olhos negros e aquela periquita que era o segredo do mundo. A voz da velha Totônia enchia o quarto, povoava a minha imaginação de tantos gestos, de tantas festas de rei, de tantas mouras-tortas perversas. Tinha a velha um poder mágico na voz. Era sogra do mestre Águeda, tanoeiro, um negro que mal abria a boca para falar. Tinha para mim um poder de maravilha tudo o que saía da boca murcha da velha Totônia.

— Conta outra.

E ela contava. E os príncipes pulavam das suas palavras como criaturas de carne e osso. Agora eu queria saber a história das princesas que morriam de amor e as que venciam o encantamento para terminar nas festas de noivado. E aquela que a moura-torta encantara em passarinho, a cantar dia e noite nas palmeiras do rei? Era uma princesa das terras de longe. Lá um dia a moura-torta enfiou-lhe um alfinete na cabeça e a pobrezinha voou para longe como uma rola de voz macia e doce que nem um torrão de açúcar. E cantava todo o dia quando o rei vinha tirar uma soneca na rede do alpendre do palácio. "Eu queria aquela rolinha, meu servo", disse o rei. "Ela tem voz que me entra de alma adentro." O servo saiu à procura da rolinha que cantava lá em cima de uma palmeira que era mais alta que a cumeeira do palácio. Fizeram tudo para pegar a rolinha mas não havia jeito. Uma tarde estava o rei bem espichado na sua rede, quando uma voz mais fina que a de um fio de água foi-lhe dizendo: "Rei meu senhor, os seus escravos correm atrás de mim. Para que queres tu esta rolinha tão triste?" O rei olhou para o punho da rede e viu a rolinha de sua palmeira. "Vem para mim, passarinho que tens voz de algodão. Canta para mim." E a rolinha começou a contar uma história que machucou o coração do rei. "Por que tu choras assim, rei meu senhor?" "Ah!, eu choro da dor de amar sem ser amado. Ah!, rolinha, como é grande o mundo, como tem tantos cantos escondidos no mundo de Deus! Por que se perdeu o amor para mim? Diz-me, por que cantas com as vontades de Deus?" "Rei meu senhor, a tua dor é grande mas a minha é maior. Tu tens o corpo que Deus te deu, tua voz soa na terra, os teus pés pisam no chão e teu sono é de sonhos de quem dorme pensando na amada que te fugiu. Rei meu senhor, tu tens o corpo para receber as graças de Deus e eu, rei meu senhor, eu vivo no espaço sem corpo, sem coração para bater pelos outros." E foi a rolinha descendo pelo punho da rede, parou na varanda de tantos bordados, até que o rei pôde pegar nela. E passou-lhe a mão pela cabeça e sentiu o alfinete enterrado e se pôs a arrancá-lo. Aí o mundo inteiro cheirou como um pé de roseira. E a mulher mais bela do mundo apareceu na frente do rei. Todos os pássaros da corte desceram para o chão numa cantoria de festa. Nos confins do mundo a moura-torta estourou como um papa-vento. E o rei encontrou a sua noiva perdida. E houve festa até para os negros cativos.

Meus verdes anos • 75

A prima não teria a moura-torta para encantá-la. Depois que passavam os acessos, me vinha um desesperado desejo de recuperar o tempo perdido. Então fugia para a solidão da horta, triste e só com aquela visão da prima fugidia. Cantavam os concriz das ambições de Chico Pechincha. De cima do pé de fruta-pão, nas alturas de seu sobrado, trinavam os pássaros sem susto. O meu avô não permitia caçadores de espingarda a disparar armas de chumbo nas fruteiras da horta. Por isto a passarada vivia de cantoria o dia inteiro. À tardinha vinham me procurar por causa do sereno. O vento frio balançava no arvoredo numa doçura de paz eterna. Aquela friagem entrava-me de peito adentro e ia acordar os piados da agonia noturna.

Por que se foi embora a prima? Queria descobrir os caminhos do mundo e não sabia. Os trens cortavam o silêncio que dobravam de tom. Havia maquinistas que sabiam apitar com dolência. A imagem da prima se misturava aos rumores do monstro de ferro em cima do pontilhão. Montada em trem partira para muito longe.

O marido de Firmina era maquinista. Tinham se separado de uma vez para sempre. O apito de sua máquina todos nós conhecíamos. Galdino passava no horário da tarde. E Firmina levantava-se da mesa de costura para disfarçar a emoção. Uma irmã de Galdino se casara com um inglês mecânico da oficina da estrada de ferro. Firmina era filha natural de meu avô. E tinha tudo dele. Alta e forte, não era de muito falar. Na hora precisa contava-se com ela para tudo. Quando Galdino passava dias para aparecer e voltava com os apitos caprichados, Firmina adoecia de enxaquecas violentas. Era Firmina quem costurava para os moleques e os homens do engenho. Fazia as calças de meu avô de brim fluminense e as camisas de algodãozinho dos trabalhadores. Ria-se com todo o corpo e arrotava alto como se soltasse estampidos pela boca. A tia Maria considerava-a irmã. A velha Janoca não era prevenida com ela, dando-lhe tratamento respeitoso. Também Firmina não era de ouvir calada. Se lhe pisassem os calos, não seria como o irmão Fausto, humilde e medroso. Gritava, e se viessem com luxos arrumava as malas para ir embora. Aí não a deixavam sair. O meu avô, que não falava diretamente com as filhas, não se continha: "Firmina, deixa de besteira". E Firmina ficava temida e amada. Se Galdino passava no engenho com aqueles apitos saudosos, caía ela de cama com a sua enxaqueca de vômitos amarelos e terríveis dores de cabeça. Três dias de cama, de gemidos, de testa amarrada com folhas de figueira. Quando a tia Maria teve uma filha, Luci, tomou a menina para criar. Criou-a. Luci a chamava de mamãe e, moça casada, levou para morar em Fernando de Noronha, onde o marido era médico. Firmina morreu por lá.

Outra irmã de Firmina chamava-se Julita, mulher de Antônio Patrício, que era administrador do engenho Itapuá; não era branco, tipo de mestiço puxado a caboclo. Aos sábados sentava-se na banca do alpendre para dar contas ao meu avô dos serviços da propriedade. Morava no sobrado, antiga residência do major Ursulino. E aparecia de botas amarelas e chapéu de massa. O velho queria saber de tudo e terminava gritando com o genro postiço.

Itapuá fora a maior conquista de meu avô. Desde que não pudera adquirir o Jardim, passara-se para a compra do melhor engenho da várzea. O major Ursulino criara a fama negra de matador de escravos. Viera de Goiana com os luxos dos barões de Pernambuco. O velho sobrado de Francisco Antônio em suas mãos sofrera modificações e arrebiques. Ali vivia com a mulher, com enorme escravatura trazida do sul. Em suas mãos os negros eram somente bestas ferradas como bois de curral. A sua fama cresceu numa legenda espalhada por toda parte. Dizia-se que era ele a presença do diabo na terra. Contava-se que no dia de sua morte, quando procuraram o seu corpo encontraram um pedaço de bananeira. Havia Ursulino desaparecido para as profundas do inferno. O major trazia os negros em correntes. Contava-se que ao tempo da passagem do primeiro trem em suas terras, à margem da estrada aparecera a escravatura do major Ursulino de gargalheira no pescoço. Aquilo causara tamanha impressão, a ponto dos liberais encherem as folhas da Paraíba com a notícia, chamando Ursulino de "barão do couro-cru".

Meu avô falava dos senhores que castigavam os negros sem dó. Havia um tio Leitão que só não fazia arrancar o couro dos negros. Tio Leitão não tinha negro para estima, trazendo a escravatura na peia como bestas de almanjarra. E só dava angu de milho aos pobres. Negro de tio Leitão só tinha ossos.

Antônio Patrício, depois das conversas com meu avô, vinha se queixar para a velha Janoca. Ele não tinha culpa do ano seco. O seu Zé Lins só lhe dava gritos porque Julita não queria sair de Itapuá. Ele não era homem para servir em bagaceira de ninguém. Tinha irmão rico em Nazaré e qualquer dia se mudaria para lá. A velha Janoca sabia muito bem que todos aqueles gritos do marido não valiam de nada. E na hora da ceia estava Antônio Patrício comendo tranquilo no seu lugar, enquanto a tia Maria perguntava pelas meninas, suas filhas.

A santa da igreja do Itapuá estava muito bem tratada. Julita plantava roseira somente para ela. O meu avô fazia que não escutava. Para ele Antônio Patrício não valia o que pensava. Só tinha conversa e pabulagem. Para ele homem só merecia respeito quando sabia trabalhar. Antônio Patrício não fazia suas vezes no engenho. E depois, começava a criar goga de pai de chiqueiro, querendo fazer como senhores de engenho, a encher a barriga das mulheres. Não era possível. Mas Julita dominava a situação através da casa-grande do Corredor. Por ela se batia a tia Maria. E as coisas marchavam. O outro administrador, homem branco, aparecia no engenho para dar notícias dos foros do Melancia. Aquele engenho estava de fogo morto e Manuel Lopes só vinha ao Corredor para pagar o pouco que recebia dos seus foreiros. Não plantava nada para a fazenda. Tinha longos bigodes e o seu animal muito bem arreado ficava sempre amarrado no batente da casa de farinha. Uma vez eu ouvi o meu avô dizendo:

— Não quero questão. Se o cabra não estiver com disposição de se mudar, você procure Joaquim Fernandes na Cruz do Espírito Santo e peça providências.

— Mas seu coronel, não tem mais jeito, o homem é com Jesus.

O velho levantou-se da cadeira e só fez lhe dizer:

— Não quero assassinos em minhas terras. Procure o senhor outro lugar.

E entrou para dentro de casa e voltou com o dinheiro para dar ao homem:

— Vá ao júri, aí tem para o advogado.

22

Era assim o meu avô. A sua força morava na sua brandura. Contava a negra Generosa:

— Só uma vez eu vi o seu Zé Lins danado da vida. A irmã caçula dele, Sinhazinha, ainda era solteira e andava de olho com o capitão Costa do Pilar. Pois não é que a menina tinha se preparado para fugir? Vieram dizer a sinhá que o capitão estava de cavalo arreado na beira do rio, à espera da menina. Sinhá gritou pelo filho e ele saiu feito um doido com um cacete na mão. O caboclo Costa ainda hoje corre. A política para o meu avô não tinha importância. Votara todo o tempo nos conservadores, e isto lhe bastava. O Pilar era seu. As suas terras cercavam a vila por todos os lados, e ele nunca procurou mandar, como fizera Quinca Napoleão. Na guerra do Quebra-Quilo entrara-lhe pela propriedade a força do 14º Batalhão fazendo o diabo com os seus moradores. Nunca escondeu um criminoso em suas propriedades. Fossem para o júri como o assassino de seu irmão. Mas não era homem para quem levantassem a voz em desrespeito. Davam-lhe lugar nos trens e nunca juiz nenhum chamou-o para jurado. Os padres não se importavam com a sua ausência da igreja. Nunca lera um livro em toda a sua vida. Mas era como se tivesse um código na cabeça. Escrevia cartas numa letra de capricho toda cheia de abreviaturas. Tinha amigos letrados. O maior de sua vida fora o doutor Gouveia, homem de importância que chegara a presidente de província e viera advogar no Pilar, na República. O que Gouveia dissesse ele fazia sem susto de erro. E quando o amigo se foi para um cargo importante, mandou ao meu avô os móveis e um cavalo branco de bom esquipar que passaria a se chamar Gouveia. "Sele o Gouveia." Saía pelas suas terras num passo mansinho de um baixo de rede. Das estantes fizeram aparadores para pratos. Não existiam livros no Corredor. Apenas chegavam maços de jornais do Rio de Janeiro, e sobre a mesa do santuário guardavam a Bíblia com estampas. Não era para ler aquele livro de capa vermelha. Seria, como os santos, um objeto sagrado. E nem o meu avô tinha necessidade de leituras. Apareciam as folhinhas Bristol com as fases da lua e das marés. Se havia dúvida sobre uma lua cheia, procurava-se a folhinha de capa amarela. Mas quando aparecia a tia Marocas do Gameleira, os livros tomavam conta das tias Maria e Naninha. A tia Marocas se educara em colégio do Recife. E podia falar de muita coisa. O fim do mundo para ela não existia. Toda aquela história não passava de conversa de jornal. E nos punha a aprender a ler nas letras grandes dos títulos do *Diário de Pernambuco* e da *Província*. E criticava muito o desleixo dos parentes em relação aos ofícios da Igreja, insistindo com a tia Maria para que me ensinasse as rezas, o padre-nosso, a ave-maria, a salve-rainha. Chegou-me mecanicamente o hábito de rezar. As palavras não diziam nada. Salve-rainha, para mim, não ligava a mãe de Deus à Rainha da cristandade. A ave-maria não aproximava a mãe de Deus de meu coração. Padre-nosso não seria uma evocação a Deus. Chegava a noite e tia Marocas me punha ao lado do moleque Ricardo para decifrar as letras gordas dos jornais. As primas do Maravalha falavam dos poetas, dos crimes de amor, das criaturas que morriam do peito de tanto sofrer pelas mulheres ingratas. E possuíam álbuns com letras caprichadas. E cantavam modinhas que eram cortes no coração, tristezas que se embalavam nas cordas do pinho. No Corredor não haveria imagem nenhuma de poesia.

De luxo ali só mesmo o vinho que chegava em quintos da Paraíba, o vermelho vinho de França. O meu avô não amava o luxo. A sua cama era de sola, e tudo o que se fazia no engenho era para durar: casa de alicerces profundos, cumeeira de madeira de lei, canoas sem pintura. Só fazia questão de ser o dono, sem a menor dúvida em justiça. Não comprava questão. Tudo lhe devia chegar em pratos limpos para que a escritura fosse uma coisa sagrada. Quando o seu primo Lola fechou-lhe as porteiras do Outeiro para que não pudessem os seus carros de boi trafegar do Corredor a Itapuá, não se exasperou. Deu ordem aos carreiros para fazer uma volta de légua. Chegariam os seus carros com mais horas de atraso e os seus bois podiam tirar a tarefa na calma.

A mesa do engenho era farta. Nunca nos faltou a melhor manteiga da Dinamarca e os queijos do reino, da Holanda. Tudo à grande, como ele desejava. Tinha carro de cavalo e mandara instalar banho de torneira. Saía para suas viagens à capital, onde os seus negócios consistiam em receber os seus dinheiros e deixá-los no banco. A tia Maria preparava a sua bolsa de couro. Metia ele o seu grande chapéu do chile, paletó negro de alpaca, as calças de listras, as botinas de elástico e, montado no seu Gouveia e de tabica na mão, botava-se para a estação do Pilar. Fazia os seus negócios, recebia as boladas de Kroncke, o alemão de palavra que era uma pedra, e voltava com as latas de manteiga, os queijos finos, o chá-da-índia. Nunca disputou pendências que tivesse provocado. O seu primo Quinca do Engenho Novo abriu luta com ele por causa do Itapuá, e perdeu na Justiça, porque os juízes sabiam que decidir pelo coronel José Lins era decidir pela boa justiça. A sua maneira de se comunicar com as filhas era estranha. Não conversava com a tia Maria, a sua preferida. Qualquer coisa que desejava, pedia às travessas. A noite aparecia o momento de conversar com os seus contando histórias dos antigos: "A irmã do tio Zezé se casara com um senhor de engenho, lá para as bandas da Ponte da Batalha. Chamava-se Saboeiro a propriedade. Desceu o rio com a cheia de 1884 e foi uma desgraça. O marido desapareceu com a força das águas e a mãe de Naninha trepou-se com a filha, uma menina de mamar, num pé de mangueira. Com ela estava um negro escravo. Sucedeu que os marimbondos caíram em cima de Naninha e ela deixou cair a menina na cheia. O escravo mergulhou, trazendo-a para cima. Só teve tempo de dá-la à mãe e foi logo arrastado por um redemoinho. A mulher de Félix Antônio, o que tinha sido degolado por um sujeito que vendeu ao rei a sua cabeça, se vingou do tipo ali na estrada do Oratório. Botou uma tocaia no assassino e disparou na cabeça dele uma carga de clavinote carregada até de pregos. E depois pegou o bicho, pichou o corpo inteiro para que ficassem pensando que fosse um negro fugido. Mulher danada! Foi pro júri e disse ao juiz que ainda não tinha matado a sua vingança."

Falava muito também da viagem do imperador. "Tio Henrique era da mesa de rendas, e como tivesse tratado mal a um mulato da comitiva do rei, foi castigado com prisão. Mas foi por este tempo que o imperador perdoou o primo Belarmino que estava cumprindo sentença em Fernando de Noronha. Belarmino era besta que só aruá. O tio João tinha levado ele para o Recife, onde morava numa república de estudantes. No primeiro andar da casa morava uma velha com fama de possuir muito dinheiro de ouro. Os estudantes botaram Belarmino no meio do furto. Foram todos eles de noite à casa da mulher à procura da fortuna. A velha botou a boca no mundo. E houve processo. E o besta do Belarmino pegou dez anos em Fernando. Quando o imperador chegou na casa da Câmara, a mulher de Belarmino foi cair-lhe nos pés. O rei tomou nota de tudo. Meses depois chegava Belarmino todo inchado no engenho Aurora. Viera da ilha para morrer no meio da família envergonhada. O primo

Meus verdes anos • 83

Hipólito era um rapaz de muito bom proceder. Estava ele estudando na escola de Olinda e aconteceu que um rapaz muito atrevido voltou-se para ele para lhe dar um trote. Quis obrigar o colega a fazer-se de cavalo para ele montar. Hipólito não obedeceu. Então o rapaz puxou de uma faca e foi para cima do primo. Hipólito deu-lhe uma cipoada de bengala na cabeça. Não morreu ali mesmo, mas não levou muito tempo. Houve júri para o primo, mas graças a Deus tudo correu muito bem. O primo formou-se, e do Recife mesmo embarcou para Minas Gerais, onde enricou. Um filho de Joca, formado, casou-se com a filha dele. A tia Naninha, mãe de Hipólito, nunca mais viu o filho. E por isso tinha tanto desgosto."

Nunca o meu avô falava na morte do irmão. Só fazia dizer que cabra atrevido e gente de feira não os queria em suas terras. Se os tempos de seca apertavam, lembrava-se do ano fatídico de 1877, uma era de fome e de peste: "Aqui neste engenho vi gente chegar só com os ossos do corpo. E ainda havia miserável roubando a ração de fome que vinha da Corte. Dizem que até barão encheu o papo com a desgraça do povo. Chegava a carne na igreja do Pilar fedendo como carniça."

Não gostava o meu avô de falar das desgraças da cólera. Perdera cinco escravos, mas outros senhores de engenho se arrasaram mais ainda. Os médicos que chegavam para ver o povo corriam da peste. Morria gente pelas estradas. As almas caridosas cavavam covas pelos matos. Ninguém pôde com a peste. Ela se foi quando quis. As negras falavam muito de bexiga-lixa. Era uma espécie de varíola que retalhava a vítima da cabeça aos pés, matando num dia. E quando se falava de tísica, mudavam de assunto. Só conheci uma tísica no Corredor: Mariinha, irmã da negra Justa, que morava no outro lado do rio. Entisicara depois de uma chuvada que levou ao sair de uma casa de farinha. Não era preta como Justa. A cor cinza da cara contrastava com o brilho de fogo dos olhos. Mandavam leite todas as manhãs para ela. Levava-me meu avô na garupa de Gouveia nas pequenas viagens que fazia para observar de perto os seus roçados e partidos de cana. Parou uma vez na porta de Justa e me apareceu Mariinha. Não tinha mais voz, o corpo inteiro murcho, os cabelos puxados para trás, deixando ver uma testa larga banhada de suor. Saiu-lhe da boca uma frase de esperança: "Estou melhorzinha, Bubu". Deixou o meu avô cair uma prata no chão e não falou mais durante a viagem. Apenas ouvindo o apito do trem, paramos para deixar o cargueiro passar. Ficamos bem perto da estrada e o maquinista tirou o boné para o meu avô.

— Aquele é Chico Diabo, gente das oficinas de Jaboatão.

23

QUANDO O ENGENHO PEJAVA, a última têmpera era quase toda dada aos amigos. Cada maquinista tinha a lata na estação. Havia também o condutor Belmiro, homem de muitas amizades nos engenhos. Dava Belmiro passagem de graça a gente pobre, e se por acaso aparecia valentão no seu trem, teria que se haver com ele.

Nos tempos do começo da estrada de ferro os senhores de engenho fizeram um motim em vista do novo horário dos ingleses. José Alemão era um negro com quase dois metros de altura. O primo Gilberto, sem autorização do meu avô, reuniu um grupo de trabalhadores e mandou arrebentar os pontilhões e arrancar os trilhos. E ainda mais: foi com os negros para a estação, querendo meter medo aos homens da companhia. O preto Zé Alemão, de cacete em punho, agrediu uma máquina parada na plataforma. O trem de passageiros que vinha chegando de Timbaúba não seguiu viagem. Alguns passageiros tentaram reagir, mas os cabras do primo Gilberto não deram tempo. O chefe da estação ganhou os matos e no outro dia apareceu o Batalhão 49 do Exército, para garantir os ingleses. Veio o comandante ao engenho com o fim de levar presos os moradores. Disse-lhe o meu avô que não havia culpados em sua gente e que o único responsável por tudo era o seu sobrinho Gilberto. No Engenho Novo do doutor Quinca houve até a morte de um cabra. Botaram a culpa para os ingleses mas o horário permaneceu, como fora determinado pelo doutor Clark. Tudo aquilo fora um desapontamento para o meu avô. O governador chamou-o ao palácio, pedindo-lhe que desse um termo à luta. Pagaram mais de vinte contos de indenizações.

Desde aí engenho e estrada de ferro viveram muito bem. O chefe de estação do Pilar e de Coitezeiras a serviço dos senhores. Um inglês se casara com uma cunhada de Firmina chamada Eudóxia. O trem era tudo para o engenho. Era o relógio, marcando os horários com exatidão, a levar as sacas de lã de meu avô para a capital, trazendo latas de querosene, barricas de bacalhau para a venda. Uma vez todos nós fomos para a beira da linha para ver o trem do presidente Afonso Pena passar. Vimos o comboio especial todo enfeitado de bandeiras e ramos de palmeiras. Vimos bem o homem, de *pince-nez* e barbicha, sacudindo as mãos para todos nós. Até a velha Janoca atravessou o rio para ver de perto o trem do presidente. O meu avô estava na estação com a sua roupa de gala. E os jornais da Paraíba falaram dele. Fora recebido na estação do Pilar pelo chefe coronel

José Lins o presidente da República. Leu para todos nós a tia Maria o roteiro da viagem. Passara Afonso Pena pelas terras de meu avô como um rei. Já não vinha a cavalo como o imperador. Flores, discursos, vivas às grandezas maiores que o Corredor. O mundo a crescer para mim, o grande mundo maior do que tudo o que eu via e pegava.

24

Passou pelo engenho todo de preto. A princípio ficava tia Maria no jardim e o rapaz passava de São Miguel ao Pilar, muito bem montado. No engenho Maravalha, nas brincadeiras de prendas, estava ele lá, de rosto redondo, centro das atenções das moças. Tinha chegado do Recife, não podendo terminar os estudos para tomar conta dos negócios do pai morto. A sua mãe Emília, ainda bonita, conquistara a liberdade depois da morte do marido. Agora podia visitar os pais sem medo de Lola. Brincavam de anel. Faziam roda para as danças do candeeiro.

Candeeiro ô, está na mão de Ioiô.
Candeeiro a, está na mão de Iaiá.

Rodavam pela sala no balanceio do coco. Os meninos se sentavam nas cadeiras de palhinha, e os grandes, a tia Nenê, a filha Emília, Joaquim César, o tio Joca, conversavam no alpendre, enquanto a mocidade se divertia. Joaquim César era viúvo de uma irmã de tia Nenê e primo carnal do velho Joca. Vivia fazendo palitos e criara o apelido de "Papa-vento", pelo comprido do pescoço de gogó que pulava do colarinho. Inimigo do irmão, o doutor João do Taipu morava num sítio à beira do rio, como sua propriedade incontestável. Havia mais de trinta anos que não via o irmão, embora vivesse a dois quilômetros de distância. O Maravalha era o seu ponto de apoio. A velha Nenê tratava-o como irmão. E tudo que o primo Joca fizesse, estava bem-feito para Joaquim César. Se brigava com o doutor Quinca do Engenho Novo, a briga era também do Joaquim César. O meu avô, que adorava o irmão, não gostava muito daquele primo. Nunca se vira homem daquele jeito, vivendo de vazante de rio, o dia inteiro a cortar pau, fazendo palito. Homem que tinha terra era para trabalhar, arrancando tudo de suas entranhas. O primo doutor João do Taipu era outro sem préstimo. Então viveria naquele engenho de Num, o mais velho engenho da família, como se fosse nos tempos do tio Manuel César? Então o primo João não tinha forças para botar para a frente uma propriedade como aquela? Com terras do Taipu o velho tio Chico Leitão fizera o Engenho Novo. Com as safras do Taipu mandara o velho Num dois filhos para os estudos em Olinda. Depois da morte do chefe os filhos e as filhas passaram a brigar como cachorro.

Dançavam moças e rapazes no candeeiro. Dançavam a tia Maria, a tia Naninha, os primos do Outeiro, um filho do seu Né, chamado João de Noca. Comiam-se os sequilhos da tia Nenê e a cantoria agitava os pares na alegria. Dormiam os meninos pelas cadeiras. Por fim, o nosso carro de boi nos conduzia a casa. Vínhamos deitados no passo moroso da carruagem de Miguel Targino.

A tia Maria passava a ser outra. Chegavam bilhetes do Maravalha, combinavam outras festas, e as roseiras do jardim com outro trato. Traziam os moleques estrume para os cacos dos craveiros trepados em jirau. Cheiravam de manhãzinha os cravos como se todos estivessem trabalhando para a alegria da tia Maria. "Maria Menina viu passarinho verde", diziam na cozinha. De fato, irradiava satisfação de minha mãe postiça. "Isto é coisa; vêm véu e capela por aí." Vieram mesmo. Chegara ele todo de preto. A conversa com meu avô foi curta. Era o primo Henrique, o filho do maior inimigo de nossa gente, o Lola do Outeiro, tão inimigo que quase chegara a uma violência corporal com meu avô num hotel da Paraíba. Morrera há menos de um ano e agora vinha o filho ao Corredor para um casamento de aliança. Não havia restrições por parte do meu avô. Filha que se casasse com parente tinha a sua aprovação. Não queria era ver camumbembe na família. Sangue do mesmo sangue, embora as separações agressivas.

Henrique chegava todas as tardes para o noivado. Homem bonito, vestido como em cidade, todo de preto, aparecia para as conversas com a tia Maria. Ficavam os dois até a hora da ceia na banca de fora. Deitava a minha cabeça no colo da tia e merecia de Henrique os mais ternos agrados. Na mesa do chá meu avô fazia cerimônias e não contava as suas histórias. A tia Maria sentava-se ao lado do noivo. Henrique também não puxava conversa, estando presente o meu avô. Apesar de tudo, a figura da irmã Sinhazinha, morta de febre, longe do marido, devia ferir ao velho. Diziam que na tarde em que lhe chegara a notícia da morte da mulher, Lola pegara da flauta para tocar suas valsas. Tudo porém estava comido pelo tempo. Um filho de Lola estava ali para se casar com a sua filha querida. Sabia o meu avô que o rapaz não era homem de gênio duro como o pai. Bastava olhar-lhe a cara para sentir-se que aqueles olhos e aquele sorriso vinham da mãe Emília. Henrique brincava com os moleques, botava apelido em todos. E uma vez trouxe para mim um brinquedo extraordinário: um trem que corria sobre trilhos. Ganhara assim todo o meu coração. Quando o via na estrada, corria para chamar tia Maria, e os dias do noivado enchiam o Corredor.

Viera o italiano Vicente, da Paraíba, com mala cheia de tecidos da Europa. A tia Maria escolhia padrões, peças de linho, cassas bordadas. As costureiras não paravam. Mãos de fada bordavam os lençóis e as fronhas, abrindo letras sobre o linho puro. Bordadeiras e rendeiras só trabalhavam para o Corredor. Havia uma no Pilar, de pernas tortas, que manobrava as agulhas com dons de milagre.

Abria o meu avô a gaveta para pagar tudo sem um gemido ou um nome feio. Maria era a sua filha amada. Gostava das outras, mas aquela era a providência da sua casa. Depois foi a viagem ao Recife para as grandes encomendas: o vestido de noiva, os sapatos finos, os frascos de cheiro.

O tio Lourenço, irmão mais moço de meu avô, era grande na política de Pernambuco. Fazia deputado e merecia tudo dos donos do estado. A tia Marocas, sua mulher, tinha educação de colégio de freira. Por isto o meu avô quis que a sua filha se preparasse do melhor às vistas da cunhada e das filhas do tio João, moças finas da praça.

Tenho dessa viagem pouca coisa retida na memória. Parece que me haviam tratado como um arbusto mofino da sua terra. Lembro-me de um banho frio de torneira que me davam bem cedo. Vejo a torneira num canto do jardim e a minha tia me ensaboando. Doía a água fria no corpo, gritava, chorava para fugir daquele castigo. Outra recordação é de um ajuntamento não sei onde. Pegaram-me para ver não sei o quê. E me fizeram subir pelo ombro do primo

Edmundo. Disseram depois que me haviam crismado e que toda aquela gente era para ver o bispo. Na volta, na viagem de trem, aconteceu um fato que retenho com muita nitidez. O meu paletó, que estava pendurado num cabide do vagão, despregou-se com o vento e se foi. Sumiu-se na carreira do trem como uma folha de mato. É desta época o meu retrato ainda de cabelos grandes sentado no colo da tia Maria. Deram-me para padrinho o primo Antônio Leitão, sobrinho e cria do meu avô, formado, e num cargo importante no Recife.

O tio Lourenço usava pequena barba e só falava muito baixo. Era um homem de gênio terrível, inimigo dos inimigos até a consumação dos séculos. "José Lins só tem inimigos que são os inimigos de Lourenço", dizia Trombone.

Marchava o casamento a toque de caixa. Ganhara um velocípede e a minha roupa para o dia seria de marinheiro, com um apito num cordão branco. Diziam os moleques que marinheiro de verdade tinha aquele cordão com navalha para brigas. Conversava-se muito a meu respeito. Para as negras, iria morar em São Miguel com tia Maria. Outras achavam que não. Ficaria mesmo no Corredor. Tudo isto não me abalava. Para um menino o futuro é quase sempre uma pequena distância. Não me alarmavam os comentários. E o que estava vendo era o bastante para me contentar. Havia pintores do Pilar e da Paraíba para limpeza da casa. Os retratos da parede desciam para um banho de ouro banana nas molduras. As cadeiras da sala de visitas ficavam no alpendre com o negro Nubiã no verniz. O jardim todo tratado com roseiras florindo e crótons a vicejar. A negra Generosa já se manifestava contra o cozinheiro encomendado no Recife. Homem mandando na cozinha só mesmo coisa de dona

Marocas. Engarrafavam os quintos de vinho que se compraram na Paraíba. As caixas de champanha entulhavam-se na despensa. Viera louça nova em barricas enormes. Correra porém o boato que o casamento não se faria porque o doutor Quinta do Engenho Novo estava se opondo. Um filho de Lola não podia se casar com uma filha do José Lins. Tudo não passava de mexerico de Baltasar. Não aconteceria semelhante coisa. À tarde viera Henrique para o noivado e não tocou no assunto. Trouxera ele a aliança para experimentar na tia Maria. O casamento estava na porta. Tio Lourenço já chegara do Recife com a sua corte de chaleiras. Havia um seu Gila de Timbaúba, de fala como um cochicho. Era magro, de bigodes ralos, a querer contar histórias que não se escutavam. A voz não lhe saía da boca. Fora senhor de engenho e botara toda a herança em negócios. Para agradar tio Lourenço, ninguém melhor do que ele.

Havia também o doutor Bráulio, um sobrinho do bispo dom Vital, que nos assombrava com os seus instrumentos para trato dos bigodes. Usava um pano branco na boca e esquentava uns ferros para fazer subir os fios dos cabelos dos lábios. Era formado. Junto do tio Lourenço, valia como se fosse filho querido. Só se fazia o que o Bráulio achasse bem-feito.

Aparecera também um retratista, como se chamavam os fotógrafos naquele tempo. Parecia um homem importante. A sua grande máquina de tripé fora guardada no quarto do meu avô. Tinha vindo do Recife para aquele serviço, e como o casamento demorasse ainda dois dias, saiu pelos engenhos a fazer retratos. Pediu cavalo e se foi, levando o moleque Rivaldo de auxiliar.

Começavam a chegar parentes de mais longe. Hipólito de Fazendinha, filho daquele tio Leitão que dava nos negros, já se aboletara em sua rede na casa velha. Os arreios de Hipólito eram de prata, com os estribos fingindo sapatos em metal que luzia. Contava-se muita coisa de Hipólito, fatos de sua devoção de beato. Diziam que quando elevava o Santíssimo, ele falava em voz de oração: "Fazei-me rico como o doutor Quinca". O seu Álvaro do Aurora, sobrinho de minha avó, não poderia faltar. Este tinha tudo da nossa vida. Homem bom, sem riqueza de espécie alguma. Criara os filhos sem que pudesse mandá-los aos colégios. Era muito pidão. Se desejava qualquer coisa, uma tacha velha, um arco de carro, procurava a sua tia Janoca e tudo se faria para ele. O irmão rico, o seu José do Jardim, não botava os pés no Corredor, desde a disputa que teve com meu avô pela posse do velho engenho. A casa-grande já não cabia tanta gente. A mesa da sala de jantar era posta duas a três vezes para o almoço. Em torno do tio Lourenço se fazia roda para ouvi-lo. O homem importante não nos dava a mínima atenção. Menino para ele existia como qualquer outra coisa.

Na cozinha dominava o cozinheiro do Recife. Até grade ele armou na porta da copa. Ali só ele e as negras. A vovó Galdina não deixara os seus aposentos. Já tinham raspado o chão todo coberto pelo barro dos pés dos que ali chegavam descalços. O vermelho dos tijolos brilhava como novo. Enquanto tudo isto se arranjava, na beira do rio matavam-se porcos e carneiros. A água quente para ajudar a pelar os bacorinhos fervia-se em latas em cima de trempes de pedra. Gemiam os porcos na quicé. Mas tristeza me deixava o sacrifício dos pobres carneiros brancos criados em casa. Perus e capões gordos esperavam a hora. As primas do Maravalha há dois dias que dormiam conosco.

Meus verdes anos • 93

Corria o mexerico. O doutor Quinca do Engenho Novo não deixaria a cunhada Emília assistir ao casamento do primeiro filho. Era um absurdo. As irmãs referiam-se às desditas da irmã, mandada como menina pelo cunhado. O tio Joca apareceu a cavalo acompanhado pelo filho Rubens. O mais velho, Gentil, não poria os pés no Corredor porque o seu sogro, o doutor Quinca, não consentiria. Por tudo isto era que a tia Maria não entraria logo na posse do Itapuá. O tio Lourenço descobria perigos na submissão de Henrique ao tio dominador. Iriam morar mesmo em São Miguel. Para lá fora a mobília comprada no Recife, o grande guarda-roupa amarelo que cabia o mundo.

E nada de me aperceber de que estava perdendo a minha segunda mãe. Mas tinha que acontecer. E aquela certeza me chegou como uma furada no coração. Estava a tia Maria mostrando as compras do Recife. Cheguei-me para perto e pus-me a mexer nuns objetos. Ouvi o grito de repreensão como nunca lhe saíra da boca. Um grito que me deu o domínio da realidade. Já não era mais nada para ela. Corri para a minha rede e me pus a chorar. Foi a tia Naninha que me apareceu como consolo. Não sabia o que tinha acontecido. Mas me tirou da rede e saiu comigo pelo jardim. Soprava um vento frio por debaixo da gameleira. A tia Naninha me conduzia com as mãos por cima da minha cabeça e pela estrada vinha chegando um carro de boi coberto de esteira. Eram as mestras de Serrinha, as duas irmãs Senhora e Penha, com as quais estudaram as minhas tias. Chegavam de longe para ver Maria Menina no casório. Penha e Senhora foram logo me tomando para tema:

— É o filho de Amélia? É a cara do pai. Ele vai ficar com Maria Menina? É cria do avô.

Nem podia mais contar a gente que havia chegado. Era festa mesmo de arromba. Dança para dois dias. Papa-Rabo se aboletara na casa velha e vivia cercado de senhores de engenho atrás de suas graças brutais. Ouvi muito bem ele dizendo para os outros:

— O noivo tem cara de pai de chiqueiro. Aquilo é bicho de muito tutano.

Ouvia-se um grito de "Papa-Rabo!" e Vitorino sair correndo de tabica na mão.

Na noite da véspera do casamento tia Maria quase que não dormiu. Mexia-se na cama. Levantou-se com o candeeiro na mão e foi ao quarto dos santos. O que teria ela? Ouvi muito bem na madrugada a cantoria dos pássaros na gameleira. E o rebuliço da casa era de todos os cantos. O padre Severino e o doutor Samuel, apesar de inimigos, já se misturavam aos convivas. O doutor Samuel a trocar ideias com o tio Lourenço sobre as coisas do novo governo. O meu avô não parava. Estava vestido como em dia de júri. A música de Camutanga fora trazida pelo velho Zé Vítor. As costureiras corriam como as carretilhas de suas máquinas. Só Firmina se escondera de tudo. A velha Janoca, encerrada no quarto, só sairia na hora. A avó quase cega não teria expediente para aquelas manobras. França se metera em vinhos e tinha os olhos como lâminas de fogo. Vestiram-me de marinheiro, e dentro de mim andava uma mágoa que feria: o grito daquela que fora a minha mãe: "Sai daí, menino!" Sei que à boca da noite o cabriolé de seu Lula estava parado à porta da sala de visitas. Ouvi a voz da tia Maria me chamando: "José!" O cabriolé a esperava. Corri para a tia e ela me levantou nos braços e olhou-me com lágrimas nos olhos. Lá de dentro da carruagem ainda a vi de olhos banhados. Corri para a estrada, atrás da tia perdida. Ouvi outra vez um grito maior que as campainhas do cabriolé: "José!" Era a nova mãe que me retinha. A outra que passava a ser para mim tudo. O meu avô chorava por debaixo dos óculos e estourou no ar como uma bomba um desaforo de Papa-Rabo: "Cachorro!"

25

A TIA NANINHA SUCEDERA à irmã em todas as obrigações da casa. Antigamente, como as outras pessoas da casa, me dava o nome de Dedé. Só a tia Maria me chamava pelo nome próprio. Era o Dedé pequeno, porque havia o maior, filho da tia Mercês, me acudia por Dedé grande. Na tarde da partida da noiva, no cabriolé do seu Lula, ouvi o "José!" da tia Naninha como uma palavra de posse. Passava a ser dela. Filha mais moça, não tinha aquele ar carinhoso da tia Maria. Mas quando gostava, gostava mesmo. Com pouco passei a ser todos os seus cuidados. Mudaram-me para o seu quarto e quase não senti a falta da que se fora. Era a tia Naninha de gênio mais concentrado que a irmã. Não falava muito, embora tivesse pontos de vista assentados sobre tudo. Nada tinha de bonita. A pele do rosto amarelada, os olhos claros e os cabelos castanhos. Aos que lhe diziam que estava magra, atribuía a magreza à seca, às desgraças do mundo. "Menina, isto é falta de casamento." Ria-se para afirmar: "Qual nada! É a seca." Noivos não lhe faltariam. O pai dispunha das maiores terras do estado. O primo Raul, filho de tio Lourenço e deputado no Recife, andou arrastando asas para ela. Não tinha pressa, o tempo daria jeito a tudo. Era no entanto a tia Naninha de ciúme aceso. Se me vinham com perguntas indiscretas: "Menino, de quem tu gostas mais: de Naninha ou de Maria Menina?", a tia Naninha fechava a cara e eu me calava. Em relação à velha Janoca a filha Naninha se comunicava com mais facilidade. Agora o meu avô se entendia com a sucessora. As suas camisas, as suas abotoaduras, os cuidados com o paletó de alpaca passavam à vigilância da caçula. Eu dormia na cama com a tia Naninha. E aconteceria um fato desagradável. Ao amanhecer, notei manchas de sangue nos lençóis. Corri para a tia e ela me deu um puxavão: "Deixa de besteira, menino!" E ficou vermelha como a malagueta. Vim a saber depois que eram coisas de mulher. Sofria muito a tia Naninha de dores nas cadeiras. Constantemente procurava pílulas para minorar os sofrimentos. "Coisas de moça", dizia Firmina. "Isto sai com o casamento."

Vieram chuvas, invernos criadores e o mundo não se acabou com o cometa. E a tia Naninha continuou magra. Meses depois do casamento, chegou ao engenho um filho do doutor João do Taipu. Deixou o cavalo amarrado na casa de farinha. Era um cavalinho branco. Montei no animal e de repente me chegou uma vontade indomável de fugir. E foi o que fiz. Saí de estrada abaixo, na direção da casa da tia Maria. Havia gente no partido da Ponte. Dizem que passei por lá a cantar um coco a toda a carreira. O cavalo passou por Maravalha e não havia ninguém no alpendre.

Quando a tia Maria me viu, correu para me abraçar:

— Menino, tu vieste sozinho?

Ninguém no Corredor sabia. Tinha visto o cavalo, montei nele e saí correndo.

— Menino, Naninha vai ficar danada.

E tratou de me acomodar em sua casa.

Bem perto era o cemitério e nos fundos do quintal morava Perpétua com Epifânio. Henrique estava no Outeiro e pudemos nós dois voltar aos tempos do Corredor. Ela queria saber de tudo. Mais tarde apareceu um portador do engenho à minha procura. A tia Maria pediu para me deixarem ali até a tardinha. Apareceu um homem com uma máquina que tinha um funil enorme em cima. Era um zonofone. Aquilo para mim valeu como uma maravilha do mundo. O homem dava corda no instrumento, mexia-se uma roda preta e lá de dentro saía uma voz de mulher cantando "Margarida vai à fonte". Juntou gente para ouvir a engrenagem fabulosa. O povo estremecia de encantamento. Diziam que havia um menino escondido dentro da caixa. Depois o homem virou a roda e vinha outra cantoria da Casa Edson, Rio de Janeiro. Pagava-se um tostão pela maravilha. Aquilo me fez esquecer a possível surra de chinelo da tia Naninha. Aos poucos porém foi chegando a tarde. Senti-me perseguido e não queria mais abandonar a tia Maria. Quando Henrique chegou, pôs-me na garupa do seu cavalo e foi me entregar no Corredor. Contava as passadas do cavalo. No Maravalha parou para que as primas brincassem à vontade:

— Vai apanhar muito de Naninha – dizia Cíntia.

A tia Nenê ria-se e foi logo dizendo:

— Não nega que é gente do Zé do Rego.

Apertava-me o coração o medo do castigo, mas assim que pisei na calçada grande do Corredor, o meu avô foi logo dizendo:

— Não vai levar uma surra porque veio bem apadrinhado – e passou a mão pela minha cabeça.

Ouvi muito bem a velha Janoca gritando:

— Menino impossível!

Mas a tia Naninha me beijou e tudo ficaria na paz de Deus.

26

HAVIA NO ENGENHO UMA parenta nossa chamada Carolina, que rezava o terço no quarto dos santos. Prima distante do meu avô, chegara ali para passar temporada. Era uma beata cheia de caridades. Os moleques aprendiam reza com ela, que nos levava todas as noites, depois da ceia, para as rezas e benditos. Tinha liberdade de dizer as coisas ao meu avô:

— Zé Lins, você é um herege. Olha a sua alma.

Não se incomodava ele com as demonstrações de Carolina. A tia Naninha nunca se confessara e isto era para a beata um ato de impiedade. Todos se riam destes cuidados da mulher. Mas só a negra Generosa acreditava no que ela dizia. Uma noite estavam os cachorros brigando na calçada. Corri para separá-los com o cacete do meu avô. E não tive dúvida, baixei o pau. Ouvimos então um grito desesperado. A negra Generosa estava deitada na banca, no escuro, e eu a tomara por um dos cachorros. Correram para socorrer a pobre. Sangrava a sua cabeça. E aos soluços me abracei com a tia Naninha. No outro dia estava a negra velha de pano branco na cabeça. E quando soube que eu quase me acabara de chorar, foi à procura de tia Naninha:

— Cadê o menino, Naninha? Coitadinho, ele não tem culpa nenhuma.

Adoeci de asma, e o puxado me arriou em cima da cama. Cantava no meu peito uma ninhada de gatos. Era um piado que sugava todo o ar. O remédio brutal, os vomitórios de cebola-sem-sem me estouravam os miolos da cabeça. Deitava-me com os travesseiros altos e não podia dormir. Aquilo fora só na fronte, dizia tia Naninha, ou então atribuíam aos chuviscos. Os meus ombros se arqueavam,

Meus verdes anos • 99

a boca se enchia de fel e as terríveis tosses entravam de noite adentro. Desolava-se a tia. O que era possível fazer, fazia-se. Inventavam remédios que o doente nunca devia saber o que era. Remédios terríveis. Até falavam em fezes de cachorro. Mas a asma só se retirava com o tempo. Eu que ficasse fora da vida, longe dos mormaços, dos serenos, dos chuviscos. Diziam que era herança de minha avó paterna, a dona Totônia, que vivia arrastando a vida com o seu puxado de nascença. Sofria horrores, tinha impressão que mãos infernais me esmagavam o peito. Fazia esforços à procura do ar, atrás de respiração livre. Era inútil. Não podia comer frutas e só me davam cana assada para chupar. Laranja, sapoti, mamão, tudo isso chamava asma. Os médicos que paravam no engenho não sabiam de remédio para o mal. Havia de passar com o tempo. Meu avô dava o exemplo da tia Marocas. Em menina, sofria de puxado de fazer pena. Quando moça, se curou sem saber como. Mas na velhice voltaria tudo como na infância.

O moleque Ricardo ficava para brincar comigo. E um dia me perguntou:

— Tu já sabe que mulher pare mesmo pela periquita? – Ele vira, na rua, Joana Gorda parindo. — Tudo é igual às vacas do curral. Joana se espremia aos gritos. Eu via pelo buraco da parede o tamanho da coisa dela. Era grande que era danado.

Ricardo não acompanhava os outros moleques ao pastoreador. O filho de Avelina tinha os seus privilégios. A tia Naninha era madrinha de Ricardo. As minhas roupas que envelheciam, as fofas, as camisas, passavam para ele. Mas quando me vestiram de marinheiro, o pelo da casimira doía-me na pele. Então uma camisa bordada que o moleque ganhara da filha do doutor Gouveia me fora emprestada. Ricardo orgulhava-se do empréstimo e dizia:

— Mãe Avelina me disse que vai dar a Dedé esta camisa.

Nem sei se me deu. Ainda hoje me lembro das alfinetadas da casimira de marinheiro e da camisa de Ricardo.

27

Os dias foram correndo. Chegara Eugênia para morar conosco. Vinha de Cabedelo, menina ainda, com os cabelos anelados, os olhos grandes e toda fornida de pernas. Tinha sido trazida para passar tempo, ligada que era com gente da estrada de ferro. Eugênia pegou-se comigo. Pus de lado os moleques e só vivia com ela. Sabia de tanta coisa, falava de tanta coisa, e me puxava para a sombra das árvores. Corríamos por debaixo do marizeiro grande e lá fazíamos brinquedos de homem e mulher. Nas carrapateiras que se ajuntavam na descida para o rio como em bosque fechado, abríamos camarinha como se fosse quarto de dormir.

Eugênia me contava as suas histórias de Cabedelo. Era bem mais velha do que eu e vira os navios de vela, marinheiros grandes como gigantes, as mulheres de cravo nos cabelos. Lá para o mar distante, era o mar da costa, o raivoso mar de ondas mais altas que o bueiro do engenho. Ela tomava banho de mar e via as caravelas de todas as cores que queimavam como fogo. Os banhos de mar davam saúde, curavam as doenças dos homens. Eugênia deitava-se na camarinha das carrapateiras e se espreguiçava toda de olhos piscando para mim. Foi quando se chegou e me agarrou, beijando-me, a se deitar por cima de mim, furiosa não sabia por quê. Botou as minhas mãos nas suas partes e, ainda hoje, me queima os dedos aquela lindeza que se arrebitava em penugens que vinham saindo. Voltamos para casa e Firmina se pôs a brigar com Eugênia:

— Aonde tu estava escondida, menina? Estás solta de canga e corda! – E olhou para mim.

E me ficou a certeza que Firmina sabia de tudo. Logo depois a tia Naninha me chamou para falar com aspereza:

— Não quero menino metido com menina. Vai brincar com Ricardo.

Eugênia ficava a me olhar de longe. E noutro dia, quando todos estavam na horta, ela me levou correndo para a camarinha das carrapateiras e me encheu de beijos. Ficamos em pé, o corpo dela perto do meu, as tenras carnes de Eugênia me apertando. Corri para a horta com medo da tia Naninha.

Os pés de açafroa se preparavam para o desabrocho da manhã, mas mesmo sem a luz do sol começavam a cheirar. Os morcegos corriam de um lado para outro, os passarinhos recolhiam-se aos ninhos, em cantadas de despedida. Só meu coração batia com desespero. Eugênia ficava na camarinha, a tia Naninha colhia goiabas e o meu pobre coração a bater igual a um passarinho no vidro da veneziana. Eugênia! Que saudades me ficaram daqueles instantes de alumbramento! Fogo de carne que ainda hoje me queima como brasa. Firmina gritava por ela. Por onde andava aquela menina? "Eugênia!", e a voz grossa da velha perdia-se pela horta afora.

Quando Eugênia se foi, a saudade que me ficou em nada se parecia com aquela outra saudade da prima do Recife.

Ouvi numa manhã, ainda deitado na cama, uma gritaria que irrompia da sala de jantar. Não podia imaginar o que fosse aquilo. Ouvia somente um choro alto como se fosse de mil pessoas. O que teria acontecido? Levantei-me de camisolão e pés no chão e fui ver o que era. Vi a velha Janoca com a cabeça pendida sobre a mesa num choro desesperado. Choravam todos que estavam lá. O meu avô em pé, sem voz, impotente, incapaz de agir. Corri para a tia Naninha e ela me disse aos soluços: "Vai para a cama, menino". Foi a negra Pia quem mais tarde me contou tudo. Tinha chegado pelo negro Domingos Ramos a notícia da morte da tia Mercês. Morrera de parto. Nem o médico da Paraíba dera jeito, pois quando ele chegou a Santo Antônio ela já estava com Deus. De minha cama ouvia o pranto da velha Janoca. Agora já não era só o soluço que se estrangulava na garganta. Falava. Entendia-se qualquer coisa.

— Pobre Mercês, pobre filha, abandonada por todos. O pai não cuidava das filhas, deixava que elas morressem de parto. Pobre Mercês, morrer sem uma mãe para lhe fechar os olhos, morrer igual aos bichos.

Mais tarde comentava-se tudo. A tia começara a sofrer as dores do parto e não tiveram cautela de chamar médico da Paraíba. Só fizeram quando não havia mais jeito. Achava a velha Janoca que Iaiá de Maçangana podia ter tido o expediente de chamar o médico. Morrera-lhe à míngua a filha querida.

— Culpado foi Cazuza, que devia ter levado Mercês para a cidade. Lá ela não morreria. E os meninos, coitados, que não puderam ver a mãe pela última vez. – E de novo caía num choro mais violento e com palavras mais duras.

A tia Naninha só fazia chorar. Firmina acalmava a velha e Domingos Ramos relatava os fatos. O doutor Joaquim Moreira lhe dera o recado para o Corredor. Não parecia um homem de cabeça certa. Dona Mercês já devia estar enterrada.

Era a morte que se comunicava de maneira fulminante com o Corredor. O luto cobrira o engenho. Os meninos de Mercês vieram do colégio para fazer roupas com as costureiras. Nem se importavam com a morte da mãe. Soltos, estavam livres de qualquer reprimenda. Tinha-lhes morrido a mãe. Eram órfãos. O doutor Moreira ficara no Santo Antônio, sem querer saber de ninguém. Passara-se inteiramente para a gente de sua família e entregara a filha mais nova aos cuidados da sua mãe. A velha Janoca chamava-o de doutor Quincas e guardava para ele todas as considerações. Aquela sua atitude de hostilidade ao povo do Corredor era para ela muito justa. Cazuza não dava ao genro as atenções que ele merecia. Era um homem formado, de família de barão, e Cazuza não o procurava como devia. Tudo que combinava era com outro, com o marido de Iaiá, o sabido Trombone, muito bom sobrinho do tio Zezé. Não se podia combater a velha Janoca. O meu avô não se importava com as suas censuras, mas doíam nas filhas as preferências ostensivas. A tia Maria calava-se. O que não acontecia com Iaiá, a mais velha. Esta pouco ia ao Corredor para não ouvir censuras. E se acontecia ouvir a velha Janoca nas suas invectivas, não se continha. Gritava com a velha.

No fim do ano fomos à praia. O médico aconselhara banho salgado para a magrém da tia Naninha. Ia conhecer o mar de que tanto falava Eugênia. O mar sem-fim, as águas que cobriam mais terras do que aquelas que pisávamos. A viagem seria mais próxima que a do Recife. Sentia as coisas agora mais ao alcance das mãos. Conosco iam a negra Pia, Ricardo e muita gente da casa-grande. Só ficava no engenho Firmina para tomar conta de Bubu.

Ponta de Mato. A casa era coberta de palha, de chão de barro batido. Armavam-se redes pelos quartos e pela sala.

Gemia mais para longe o mar verde, gemia em cima da gente o coqueiral. A princípio fiquei com medo daquela agitação de água que ia e voltava, daquele pesado bater na areia. Havia famílias de amigos de meu avô em outras casas de palha. À noite rapazes saíam de violão e organizavam cocos. As moças podiam andar de pés descalços sem que fosse feio. Dançava-se e cantava-se. As meninas do doutor Carvalhinho, o dono da casa mais festiva do lugar, arranjavam reuniões todas as noites. A vida era quase em comum. Dava-se e recebia-se presente. A tia Naninha mandava compoteiras de doce de goiaba e voltavam na mesma bandeja cajus, doce de coco. Iam queijos do sertão e voltavam postas de peixe.

Pela manhã saíamos todos para o banho salgado. As mulheres de longos vestidos de baeta azul, os meninos nus e os homens de calças compridas e camisa de meia. Ficavam as mulheres à beira do mar à espera das ondas que as arrastavam para o fundo e depois, sacudindo os braços e batendo as pernas, uniam-se todas num bolo. Gritava-se, ria-se na hora divertida do banho de mar. Tinha medo dos homens de cara feia que ficavam pelas jangadas ou por debaixo das caiçaras, indiferentes aos grandes do engenho.

Uma vez o meu avô chegou num sábado e foi comigo comprar uma cavala fresca chegada do alto-mar. O homem de cara feia pediu um tanto e o meu avô ofereceu menos. Por fim o homem se afastou e disse que não vendia mais o peixe, que fosse ele comprar em Cabedelo, onde se regateava. O meu avô engoliu o atrevimento e disse:

— Esta gente da praia é assim mesmo, gente atrevida.

Desde esse dia que não me senti com coragem de aproximações com os homens de cara feia. Para eles nós não valíamos nada.

Sempre quem falava com meu avô era o homem do farol que morava ao lado da nossa casa. O farol se perdia no mar, trepado nas rochas dos arrecifes. Um filho do faroleiro conversava conosco. O pai não gostava de padre, era cristão batista. E nos espantava com as histórias do farol: o pai saía todas as noites de canoa para dormir na solidão do mar. Várias vezes fora com ele. E vira bem à meia-noite a sereia espalhar-se no alto-mar. Era uma mulher branca com os cabelos como da espuma das ondas. Cantava nas noites de escuro. Dissera-lhe o pai que naquele instante o melhor era tapar os ouvidos. Cantar de sereia chamava para o fundo das águas. Falava também o menino das baleias que passavam de longe sacudindo água pelas costas. Uma baleia era quase do tamanho de um navio. Mas não fazia mal a ninguém. A goela de uma baleia era mais estreita que a goela de um cachorro. Bicho danado era o tubarão que cortava corpo de gente com dente de navalha. E cheirava a melancia. Seu pai lhe contara a história de um praticante que saiu de jangada e viu um peixe muito grande atrás da embarcação. Quis dar um bordo e a jangada virou. Só ficou mesmo em cima d'água uma mancha de sangue. Aquele menino vira uma sereia. No engenho, o filho de Amâncio vira também a mãe-d'água no poço dos cavalos. Seria verdade? Vira ele a sereia no alto-mar e a lua banhava os seus cabelos que eram como a espuma das ondas. Os jangadeiros não abriam os dentes para ninguém. Os vendedores de caju passavam pela porta com as suas frutas amarradas em fieiras e falavam de tudo. Não era gente da costa, mas lá das matas de Jacaré, dos tabuleiros de mangaba.

Ia olhar à beira-mar os navios que fumaçavam na saída da barra. Os cascos quase que tocavam no farol branco montado nos arrecifes. À noite a lanterna faiscava como um olho monstro. O faroleiro e o ajudante cuidavam do aparelho de vidro para que os navios soubessem muito bem entrar no canal e fugir dos abrolhos. O tamanho do mar me esmagava. Água e água, sem que os olhos fossem além do horizonte que se confundia com o céu. Os navios tomavam rumo dos caminhos sem-fim. O filho do faroleiro conhecia capitães e pilotos, os homens que fugiam dos perigos. Quando caía a tempestade as ondas sacudiam os navios sem dó e havia naufrágios, gente vagando em tábuas dias inteiros, os devorados pelos tubarões, os que se salvavam nas costas dos botos: as toinhas que não se arredavam dos navios nas noites de desgraça. Estes peixes eram como as rolinhas-lavandeiras, amigas dos homens. Víamos quando eles botavam a cabeça de fora, num relance, para aparecer logo adiante. Eram os botos, que os pescadores não matavam porque sabiam que eles tinham a missão de Deus nas águas do mar.

O seu Antônio faroleiro preparava-se todas as tardes para a sua viagem ao ofício. Enchia a canoa com a vasilha de água doce, punha a sua marmita com a comida e, vestido de azulão, metido no capote preto, abria as velas do barco.

Antigamente, quando a maré secava, podia-se ir ao farol com água pela cintura. As marés porém cavaram, com fome de terra, as beiradas do mar.

A antiga fortaleza era passeio obrigatório de toda a família. Obra do tempo dos holandeses, diziam. Subíamos para o alto da praça de guerra donde se podia ver a entrada da barra. Peças compridas de artilharia e balas redondas em tulha. Havia data nos canhões com as armas do rei da Espanha. Embaixo dormia um sargento velho. Procurava-se ver a entrada do subterrâneo, escura boca com todos os bichos da umidade. Chiavam morcegos, pulavam sapos. Falavam de cobras que se aninhavam naqueles abismos. Tudo se fizera para as guerras. Ficara sabendo que os holandeses eram gente do estrangeiro, homens que tinham passado pela nossa terra. Os antigos só falavam deles para lhes gabar as obras. Obra de holandeses, era um elogio para significar obra eterna. O próprio meu avô, quando queria dizer que uma casa estava bem construída, só tinha um elogio: "Parece obra dos holandeses". Foram os hereges que tocaram fogo nas igrejas e saquearam as cidades. E o povo conservava deles uma impressão tão grande!

No engenho Santo Antônio mataram o presidente Segismundo que fora convidado para uma farinhada. A gente de André Vidal não deixara nem um vivo para contar a história.

Os coqueiros rumorejavam ao vento, vergando ao peso das cargas dos frutos. Bebia-se água de coco de manhã à noite. Uma tarde o doutor Carvalhinho, de boné, nos levou a todos para uma festa. Botava-se o nome de Praia Formosa num pedaço de terra. O doutor Carvalhinho parecia um senhor de engenho das praias. A tia Naninha combinava passeio com as suas filhas. E quando aparecia o meu avô, o doutor Carvalhinho aproveitava para as conversas de política. Aquela vida de praia nada tinha que ver com a de engenho. Morávamos em casa igual às dos trabalhadores do eito e não havia por ali os gritos do meu avô. A casa do seu Antônio faroleiro, junto da nossa, era uma casa-grande. Tinha chegado a velha Janoca para passar uns dias na praia. Não podia enxergar mais nada. As manchas dos olhos cresciam e as névoas da catarata tiravam-lhe a visão completamente. Mas foi o bastante para acabar com a festa. Sabendo que a tia Naninha saía de passeio com as filhas do doutor Carvalhinho, a velha enfureceu-se:

— Quando Cazuza chegar, vou contar tudo.

Teríamos que voltar na outra semana. E, sob pretexto de que o engenho ia pejar, voltamos às terras de Bubu.

28

AQUELES MESES DE AUSÊNCIA me deram a oportunidade de avaliar o que era o Corredor. Ali gritava o meu avô e a tia Naninha sabia fazer o que era necessário. A história do noivado com o filho do doutor Carvalhinho abalara os engenhos. Uma filha de Zé Lins metida com gente da Paraíba! O tio Joca apareceu para saber o que havia ao certo. E só descansou quando a velha lhe garantiu que tudo não passava de invenção. No dia seguinte apareceu a tia Maria. Estava grávida, vestida como uma mulher de idade. Ficara horas inteiras com a tia Naninha no quarto. Contava ela as peripécias de uma viagem ao engenho Pacatuba, onde morava Gentil, casado com a filha do doutor Quinca do Engenho Novo. Não pôde ouvir calada críticas à sua gente e chegara a ser áspera com o dono da casa.

Era a tia Maria outra mulher. O ventre arredondado e o vestido de pano escuro compunham uma senhora que nada tinha com a Maria Menina. Agradou-me muito, mas aquelas mãos finas já não eram minhas. Longe, bem longe de mim estavam os seus carinhos. Ricardo me falava de Joana Gorda a gritar com o filho pulando por debaixo da barriga. Liguei tudo a tia Maria, e de mim foi se apossando uma espécie de raiva àquela que tanto amava.

Meus verdes anos • 109

O meu avô, com a filha querida em casa, ficava mais falante na mesa. Sabia a tia Maria que o engenho Itapuá era dela, que aquela casa de São Miguel de Taipu seria morada passageira. Não se falava no assunto no Corredor. O doutor Quinca do Engenho Novo ainda mandava no sobrinho. Uma vez eu ouvi Firmina dizendo: "Como é que deixam Maria Menina morando naquela casa, na estrada do cemitério? Eu não queria ser rico para permitir semelhante coisa." Aquilo fora dito bem alto para que o meu avô ouvisse. Ele fazia que não ouvia. Porque não chegara ainda o tempo para a solução. Quando lhe apareceu a bronquite, que era de todos os anos, com febre alta, a filha apareceu no Corredor para tratar dele. Sinapismos nas costas, na batata das pernas. Doente de cama, Bubu amofinava. Ficava um menino, com terrível medo da morte que eu herdei. A velha Janoca não lhe fazia um agrado. A tia Maria tratava dele como de filho. Fazia papa de maisena e não deixava que abrissem a janela, toda cheia de cuidados maternos.

Naquele ano a filha querida, mal soube da crise, correu para o Corredor e lá ficou dias seguidos. Por este tempo, morta a filha Mercês, passara-se a velha Janoca para a tia Naninha. As ligações de Maria com Cazuza não agradavam a dura avó. Mas estas prevenções não chegavam a desviar do caminho o seu marido que só lhe contentava as vontades enquanto não se chocassem com os seus próprios desejos. Agora toda a casa girava em torno da gravidez da tia Maria. O meu avô temia os partos. Já lhe tinham morrido duas filhas de insucessos. Não voltaria mais a São Miguel a tia Maria. Henrique chegava à tardinha e logo pela manhã saía para o Outeiro, onde geria os negócios da mãe. Na hora da ceia sentava-se ao lado da mulher e escutava calado as histórias do meu avô. Afinal de contas aquele seu genro não passava de um filho de Lola, o marido mau de sua irmã Sinhazinha, a pobre irmã que morrera de amarelão depois de um parto perdido.

Henrique porém continuava a ser para mim o que fora o primo Gilberto. A tia Maria guardava sapotis maduros para ele e ferrava o seu leite pela manhã. Punha o leite na vasilha de ágata e botava dentro uma pedra pegando fogo. Subia fumaça e a bebida ficava com gosto diferente. Henrique só bebia leite ferrado. Diziam as negras que era para dar tutano ao sangue.

A tia Maria contava com as simpatias da cozinha. A irmã mais nova tinha mais coisas da velha Janoca. As negras gostavam de Maria Menina, próxima das bondades de Bubu. Andava ela agora de barriga enorme a merecer os cuidados de Generosa, de Avelina, de Joana Gorda, de todos os aderentes. A tarde tinha que andar a pé para ajudar o parto. Assim, em companhia de tia Naninha e Firmina, saíamos em visita aos moradores da beira da estrada: as meninas do senhor Lucindo, três velhas, com a mãe ainda viva. A felicidade entrava na casa do senhor Lucindo quando ali chegava Maria Menina. Traziam batata-doce assada para comer, e, enquanto a tia permanecia ali, as velhas só faziam elogios, à procura de qualquer coisa que agradasse a princesa que lhe pisava o chão de barro batido. Traziam do quintal as flores que cultivavam para Nossa Senhora da Conceição. E se lamentavam por não haver ainda safra de pitomba. E olhavam para a barriga da tia para lhe dizer:

— Benza Deus! Vai ser meninão de grandeza real.

Uma tarde atravessamos o rio seco, subimos para a caatinga e fomos até a Una, onde morava o primo Neco Costela, sobrinho do brabo Chico Leitão de Fazendinha. Atrasara-se o pobre do Neco. E vivia com a filharada num sítio

Meus verdes anos • 111

não sei bem se do Corredor, do Taipu ou do Engenho Novo. Lá estava o velho Neco, do tamanho quase de um menino, com a casa cheia de filhos, sem recursos para mandá-los à escola. A filha Celeste andava de engenho a engenho com notícias de tudo. Tinha irmão empregado na estrada de ferro. Era o que Celeste queria, transformando-se numa espécie de telégrafo vivo. O pai Neco, silencioso, sentava-se numa espreguiçadeira num lado da calçada e deixava que o mundo corresse. Nunca fora homem de trabalho, sempre a depender da boa vontade dos parentes ricos que lhe davam sítios para ele viver com a família.

Foi na casa do velho Neco que eu vi pela primeira vez uma anã. Chamava-se Rute. Era moça feita e parecia uma menina. Tinha os olhos grandes como os de Celeste, um sinal no queixo e os olhos fixos, sem um sorriso na boca. Quando andava era menor que os meninos. E mexia com os quadris e sacudia os braços. Não nos deu uma palavra. Falou com os grandes, e a voz grossa parecia sair de outra boca. Na volta ouvi a conversa da tia Maria com Firmina. Neco não tinha nem um palmo de pano para mortalha. Estava vivendo da miséria que recebia do filho. Celeste bordava, e assim dava alguma coisa para casa. E Rute? Na família nunca havia acontecido aquilo: uma anã. Era preciso não pensar nela. Às mulheres grávidas fazia mal olhar para aquilo. Por mais caridade que se tivesse, um aleijão daqueles só fazia mal. E a tia Maria contou a história da mulher de Matias Beiço Lascado. Era Matias muito bem casado quando foi para o Itapuá o Antônio Patrício. Lá chegando, começou a dar força a Matias. O povo maldou logo. Aquilo não passava de amigação de Antônio Patrício com a mulher dele. O falaço continuou até que a mulher apareceu de barriga. Não havia dúvida que era filho de Antônio Patrício. "Pois bem, não é que a mulher deu à luz um menino de beiço lascado? A boca do povo murchou." "É", dizia Firmina, "as mulheres que guardam chave no seio têm filho assim de beiço lascado". Atravessamos o rio coberto de salsas e juncos. Nem um fio d'água. Agora somente as cacimbas cavadas na areia onde o povo da caatinga se abastecia de água salobra. Pelas vazantes a batata-doce enramava. Ainda havia sol no poente, com barras escuras.

— Vamos ter chuva na semana que entra – dizia Firmina.

— Deus queira que sim. O tempo não está de brincadeira.

A tia Maria subia ladeiras abrindo as pernas. O moleque Ricardo não dizia nada mas eu sabia o que ele estava pensando. Já ouvíamos um grito do meu avô chamando Zé Guedes. O gado viera do pastoreador e nos tijolos da antiga olaria uma cobra matara outro porco da velha Janoca. O bicho ainda se estendia no chão, de dentes arreganhados e olhos duros. Tinha que ir para o zumbi. O povo é que não podia tocar em carne envenenada. E a velha estava furiosa:

— Cazuza não se importa. Aqueles tijolos estão ali desde as obras da casa-grande. Só podia ser mesmo ninho de cascavel.

Chegara Baltasar da feira de Itabaiana e trazia as suas notícias. Quinca do Engenho Novo tinha comprado o engenho Pau-d'Arco que fora dos Anjos, e tudo por quarenta contos, numa hasta pública no Recife.

— Se José Lins soubesse, poderia ter aparecido. Pau-d'Arco é um engenhão, com água corrente e muita mata.

Meu avô mudou de assunto. Baltasar não parava:

— Joaquim César anda com vontade de botar questão contra João do Taipu. É que os animais do engenho estão fazendo estrago no sítio do Joaquim César. Joca do Maravalha está doido para isso.

Meus verdes anos • 113

Também Baltasar soubera que o doutor Quinca andava atrás de dona Cândida, meeira do Itapuá, para lhe adquirir a parte. Diziam que era para Henrique. Ouvindo falar aquilo, a tia Maria saiu-se com quatro pedras na mão. Tudo aquilo não passava de invencionices. Henrique não ia se meter em negócio daquele. Era mentira. Na hora da ceia Bubu não abriu a boca para falar. Chegara Henrique e com pouco já estava recolhido. A tia Maria passara-lhe a conversa de Baltasar. Logo depois o primo velho saiu para o Maravalha, onde contaria outras histórias. A conversa de Baltasar aborrecera porém o Corredor. Tinha o meu avô a posse do Itapuá e uma metade da propriedade. A outra parte pertencia à velha Cândida, viúva do antigo senhor de engenho. "Quinca do Engenho Novo não meterá os pés no Itapuá." Aproveitava-se assim a velha Janoca para acirrar as prevenções do marido contra o genro. Bem sabia ela que aquela gente do Engenho Novo não prestava. A tia Maria compreendia que aquelas referências eram para o seu marido. Mas não quis entrar em luta contra a mãe.

29

No outro dia de manhã começaram a aparecer as dores tão esperadas na força da lua. Foram correndo à procura da velha Alexandrina do São Miguel. A casa-grande voltou-se inteira para o quarto da tia Maria. Henrique andava de um lado para outro. E Bubu sentado na sua cadeira, fazendo que olhava o mundo, quando lá dentro de casa rondava a morte atrás de uma filha. Ouviam-se os gemidos e a tia Naninha nos mandou para a casa de farinha. Horas seguidas. Parara tudo. As negras da cozinha não se mexiam. O fogo do fogão abrandara com a negra Generosa em pé, na porta da cozinha, sem se animar a mexer numa panela. Ouvimos de longe os gritos da tia Maria. Pela estrada passavam cargueiros que tiravam o chapéu para meu avô que não os via. Bem atentas só estavam as suas ouças. Até que se ouviu um grito: "Viva Nosso Senhor Jesus Cristo!" E chorava o menino. As negras gritavam depois: "É uma menina!" Mais tarde passou Pia com a secundina, os restos de parto para enterrar. Abriam a destilação. Garrafas de mel de abelha misturavam-se a canadas de aguardente de cana. França aos primeiros goles saiu dançando. A mulher parida não podia ver ninguém ainda. E meu avô não se mexia da cadeira. Agora riscava o chão com o cacete a marcar divisas de terra. A filha querida estava livre da morte. Só dependia de cuidados, de zelo, de galinha gorda, de pirão, de água inglesa, a bebida dos que perdiam sangue. Só muito depois pudemos ver a tia Maria. Tinha saído de outro mundo, pálida, mas quando me avistou chamou-me para perto e me beijou. A menina de olhos inchados nem parecia gente. Henrique me deu um gole de cachimbo para beber e saí chorando do quarto da tia. Era agora a mãe da Maria Emília. E a casa inteira cheirava a alfazema.

30

Estava em tempo de aprender a ler. Menino solto sem a carta de á-bê-cê e a tabuada nas mãos. No Pilar João Cabral tomava conta da escola pública sem ser diplomado. Aparecera na vila um doutor Figueiredo e fora morar numa casa de meu avô, a pedido de um político da Paraíba. O mestre Fausto trouxera um recado para Bubu: o doutor se oferecia para me ensinar as primeiras letras. Todos gostaram do oferecimento, e fui mandado para o mestre. Morava defronte da casa de Fausto e era lá que ficava até a hora de seguir para o ensino. Mestre Fausto era casado com uma filha natural do velho Joca do Maravalha, chamada Melu. E tinha a casa cheia de filhos. Noêmia, a morena, a que mais se parecia com as primas do Maravalha, dizia a todo instante que eu era um menino bonito. "Que braços lindos ele tem." E mandava que arregaçasse as mangas do paletó e passava as mãos finas pelos dois braços. "É braço de moça." Havia também Mariinha, Eurídice e Odete. Melu fazia bolos para vender na estação do Pilar, com o açúcar que mandava tia Maria às escondidas da velha Janoca.

Meu primeiro mestre me ensinava as letras, a princípio com agrado. Aos poucos foi se aborrecendo e chegou até a gritar:

— Menino burro!

Aí apareceu dona Judite, sua mulher, e corrigiu o nervoso do marido. Não havia jeito. As lágrimas corriam dos meus olhos e comecei a ter ódio do doutor Figueiredo.

Não aprendia nada. "É muito rude", ouvi-o dizendo a dona Judite. "Nunca vi menino mais rude." Aquela palavra rude se parecia com Rute. Ainda hoje as ligo. Era rude. Em casa perguntei a tia Naninha o que queria dizer rude.

— É gente sem inteligência.

Os dias se passaram e o doutor perdia ainda mais a paciência. Certa vez passou-me a régua na cabeça, deixando um galo na testa. Caí num pranto que nem os agrados de dona Judite deram jeito. Apareceu na porta Melu para saber o que era. Doutor Figueiredo gritava como um desesperado.

— Nunca vi menino mais burro do que este!

Corri para a casa do mestre Fausto e não houve o que me arredasse da cama de Melu. Senti o cheiro do mel no tacho da cozinha. Fiquei um tempo enorme naquele estado de terror e só me senti outro quando Zé Guedes chegou na porta com um cavalo para me levar. A história chegou aos ouvidos da minha gente e houve quem quisesse dar um ensino no doutor Figueiredo. Soube-se tudo depois. Tal mestre não passava de um louco que viera ao Pilar em busca de cura. O mestre Fausto deu para contar coisas da casa do doutor Figueiredo. Dava na mulher e dizia que os filhos não eram dele.

Perdi o primeiro mestre mas logo depois chegou ao Pilar uma moça da Paraíba, diplomada, e de família de professores na cidade. Sei que fui logo conduzido para a escola de dona Donzinha. A filha mais moça de Avelina me acompanharia como colega.

Tive sempre um tratamento de príncipe na casa da mestra. Morava com a mãe e várias irmãs mais moças. Muitas vezes faziam questão para que eu jantasse por lá. A professora sofria de nevralgias no rosto e estava sempre a se queixar de dores. Todos estudávamos em voz alta. As meninas do Pilar (pois a escola era somente para o sexo feminino) enchiam a sala. Correra a notícia que a mestra tinha diploma e aquilo lhe dera fama na redondeza. Uma moça formada de anel no dedo podia ensinar as meninas até o curso secundário. Podia até ensinar francês, se quisesse. Fiquei íntimo da casa. José Ludovina nos trazia a cavalo. Vinha eu na frente e Salomé na garupa. Parava Ludovina na venda do Satu e dava dois dedos de prosa enquanto fazia as compras de encomenda: cigarro popular para Firmina, caixa de fósforo, cabeça de alho e outras miudezas que lhe pediam para comprar. À tarde nos vinha buscar depois de passar na agência dos Correios. Ludovina era homem de confiança do engenho. Aprendera a ler na estrebaria quando já era menino taludo. A velha mãe na guerra do Quebra-Quilo apanhara tanto dos soldados do 14 que lesara. Fazia panelas, alguidares, de cabeça baixa para o chão como se tivesse vergonha de olhar alguém. O pequeno forno de sinhá Ludovina queimava os gravetos que ela mesma ia buscar nas capoeiras. Fazia peças bem apreciadas nas feiras. Ludovina merecia a confiança do engenho. Às vezes ia à Paraíba receber dinheiro e fazer compras para a venda. E nessas ocasiões vestia roupa de casimira, calçava botinas e só comprava passagem de primeira. Paravam na estrada moças que vinham com encomendas para ele despachar no Pilar. "Anda, diabo!", dizia ele, "parece que está pisando em ovos". Para outras dizia uma graça qualquer e a moça só fazia dizer: "Esse seu José Divina tem cada uma". Não entendia as graças de Ludovina.

Na escola tudo ia muito bem. É verdade que não aprendia nada. Continuava no mesmo. Ouvia a cantoria das meninas e nada me entrava na cabeça.

O negro Manuel Pereira andava de estrada afora, com uma bandeja com a coroa de prata de Nossa Senhora, a pedir esmola. José Ludovina lhe tomava a bênção e o negro velho fazia o sinal da cruz. Todo o mundo respeitava o pedinte de Nossa Senhora. Só muito mais tarde é que vim a saber que o negro velho era dado à sodomia e que já havia uma ordem do padre Floriano de São Miguel para que ele não pedisse mais esmola para os santos.

A escola de dona Donzinha continuava na mesma tirada. Meninas cantando as lições, e eu rude. No começo não me dei por achado. Depois é que comecei a temer.

Seria mesmo aquela pedra, aquela cabeça de ferro sem que pudesse entrar nela uma letra, um número? A tia Naninha se preocupava muito. Ouvi Firmina dizendo: "Vai ficar como seu Goiabão". Senhorzinho Goiabão morreu de velho sem saber ler. Não houve mestre no Itambé que conseguisse lhe ensinar uma letra. E falavam também de outro parente que pegara o nome de João Beabá que nunca pudera passar da carta de á-bê-cê.

Botava a cartilha e a tabuada por baixo do travesseiro para ver se entrava alguma coisa na minha cabeça. E não comia mais queijo. Queijo fazia ficar rude. Até a negra Salomé se adiantava. Quando o José Ludovina não nos levava para a escola, vinha fazer o serviço o Zé Guedes. Para este não havia meninos em sua presença. Falava de tudo com a língua solta e as palavras dos trabalhadores do Crumataú: "Aquela é a Lica dos Dourados, está num cio danado. Já pariu de três homens e não há macho para o fogo dela."

Numa casa-grande que havia antes de chegar à vila, que chamavam a casa do Piquenique, morava um povo que ninguém conhecia. Zé Guedes nos contava de um Papa-Figo que saía de lá todas as noites de sexta-feira. As moças, muito brancas, ficavam na janela.

— Ali ninguém tem sangue, é povo de quarto minguante.

Pela manhã ou à tarde a casa do Piquenique estava sempre com moças a olhar a estrada. Quando chovia ficavam poças d'água em frente e as patas dos animais salpicavam de lama as paredes brancas. Mas as moças não saíam dos seus lugares. Metia-me medo a história do Papa-Figo. Seria um homem amarelo que só podia viver com sangue de menino ou moça donzela, saindo à meia-noite à procura de suas vítimas, atrás de cura para o mal que lhe bebia o sangue.

As orelhas cresciam, os beiços caíam, os olhos viravam postemas. Mas quando o Papa-Figo pegava um menino, o seu corpo sarava como num milagre. Zé Guedes contava também histórias das mulheres da rua do Emboca. Havia uma chamada Maria que comia o freguês de todo o jeito. O cavalo esquipava. E fui sentindo que crescia para cima de mim qualquer coisa como se fosse um pau que saísse de Zé Guedes. Fugi como pude porque sabia o que era aquilo.

Na porta da escola vinha nos receber a mãe da professora. Do engenho chegavam presentes: latas de doce, cestas de ovos. E os dias foram passando e nada de adiantamento. Uma tarde fomos a um enterro de um anjo. Era um irmão de uma colega que morrera de febre. Lembrei-me logo da prima Lili e se apoderou de mim uma espécie de nojo. A minha boca começou a se encher de saliva, e quando entramos na sala e eu vi o menino mergulhado em flores, só com a cabeça de fora, senti-me em ponto de cair ao chão de medo. Fomos andando para o cemitério. O dia ainda estava com todo o sol. E pelo caminho estreito os galhos das cabreiras roçavam no caixão. Ia entrar pela primeira vez num cemitério. Botaram o menino na cova, cobriram a terra de rosas, e repicou o sino da capela festivamente. Para anjo só podia haver toque de alegria. O cemitério não era mais que um pedaço de terra com catacumbas brancas. Nada para fazer medo. Voltei para o engenho arrasado. À noite acordei com asma. A tia Naninha acendeu a luz e ficou alarmada. Todo o meu corpo estava encalombado. Firmina disse logo que era sangue-novo e foram dormir.

Não podia dormir. Não era só o piado de gato no peito que me atormentava. Via o rosto amarelo do menino, o caixão azul com estrelas brancas, o chão frio, a terra que as chuvas ensopariam. Pobre menino embaixo da terra, pobre Lili comida pelos bichos da terra. Comecei a chorar alto para acordar os grandes. A tia Naninha, ao meu lado, mergulhada num sono pesado. Tive medo de todos aqueles corpos estendidos. Quis gritar e não tinha força. E só muito mais tarde é que vi pela telha de vidro uma réstia de luz que vinha me olhar de mais perto. Cantavam já os pássaros na gameleira e meu avô passava de cacete na mão para o banho frio de torneira. A casa-grande do Corredor levantava-se para o dia de sol de maio. O touro Maomé mugia como o rei do cercado. Quis me levantar mas a tia Naninha não deixou. A friagem fazia mal. E nem deixou que abrissem a janela. Pia varria a casa depois de molhada e a velha Janoca espirrava na sua camarinha. E pelo corredor passava gente. A velha Carolina já fora acender uma vela no quarto dos santos. Mais tarde viriam os vomitórios de arrasar. O peito gemia, a cabeça de tanto tossir se quebrava de dores. Ouvia muito bem o tinir do chicote dos matutos na estrada. E os carros de boi gemiam nos eixos carregando lã para a estação. Aquele menino, mergulhado nas rosas com a sua cara fina, persistia na minha lembrança. Veio brincar comigo o moleque Ricardo.

31

A velha Totônia amanhecera na casa-grande. A tia Naninha pediu para ficar comigo no quarto meio escuro. A velhinha valia para mim mais que todos os vomitórios. Aos poucos as princesas e os príncipes, o rei e a rainha, as moças encantadas começavam a viver no meio de todos nós.

A voz macia da velhinha fazia andar um mundo de coisas extraordinárias. Lá vinha santo Antônio a pregar na cidade de Pádua e de repente uma voz lhe dizia aos ouvidos: "Corre, corre, Antônio, vão enforcar teu pai em Lisboa". E já estava o povo nas ruas para ver o cortejo do enforcado. Tinham dado como assassino o pai de santo Antônio. E o frade de Pádua fora parar em Lisboa. "O que fazeis com o meu pai, carrascos de el-rei?" "A ele nós vamos enforcar para que pague a morte que mal fez." Foi quando se viu no cemitério levantar-se um defunto da cova. Correram para chamar o rei. E o defunto abriu a boca no mundo para dizer: "Senhor el-rei, ide matar um inocente. O homem que me matou é homem da tua guarda, ele está no meio da tua gente." E contou ao rei o crime com todos os fatos. Depois de livrar o pai da forca, na cidade de Pádua, no púlpito, continuou santo Antônio a pregar o seu sermão.

A velha Totônia trazia na memória os versos de Donana dos cabelos de ouro. A voz fanhosa repetia as estrofes. Era a história de um marido que fora nas cruzadas arrebatar dos infiéis a terra de Deus. Depois voltou o marido anos e anos após a partida. Já são grandes os filhos do casal. E sem que pudesse ser descoberto, o esposo foi tentar a suposta viúva. Ela porém só tem um amor: o que fora batalhar pela fé. E a tudo se nega, nada quer, nem joias, nem palanquim da China, nem toda a fortuna do mundo. Ela só queria o marido que se perdeu. As cenas dos encontros eram vividas pela velha Totônia com todos os tons de voz. A tia Naninha chegava para ver como eu estava. Nem parecia mais um doente. O meu puxado não resistira aos contos da velhinha. "Ai, triste de mim, viúva e triste de mim, coitada. Até aqui era senhora e agora sou insultada." Sabia ela também a história da avó e dos netinhos que a megera trancava no quarto para engordá-los e depois comê-los. Via eu a velha Janoca no conto terrível. "Ah, velha maldita, tu só querias a carne dos teus netinhos." Mas Deus deu proteção aos inocentes e tudo terminaria numa fogueira: "Água, meus netinhos", gritava ela. "Azeite, senhora avó", respondiam os meninos. Ia-se embora a velhinha boa. E me ficavam as tristezas. Porque não me saía da cabeça o rosto fino do menino todo coberto de rosas. Nem podia chegar na porta do quarto dos santos. Bastava sentir o cheiro das rosas nos jarros do oratório para me chegar a lembrança martirizante.

Eugênia voltara de Cabedelo. Estava mais crescida e com ela viera outra irmã. E nem parecia a mesma. Crescera mais do que eu e se mostrava indiferente a tudo o que eu fazia para lhe agradar. Uma tarde porém saímos todos em passeio. Eu e Eugênia nos adiantamos bastante do grupo. Ela me puxou pelo braço e nos escondemos numa moita de cabreira:

— Vamos fazer porcaria. – E levantou o vestido sem calças. Vi tudo outra vez como numa iluminação, vi-lhe as partes sombreadas e ela me arrastou para perto de sua carne nua. Roçamos os nossos desejos em botão. Saímos a correr de estrada afora e paramos à espera dos outros na porta de Pinheiro. Os meninos nus espiavam para nós com olhinhos compridos. Eugênia não revelava o menor estremecimento. Estava como viera. Procurei-a na mesa da ceia e ela nem me olhava. O meu avô contava a história das eleições dos antigos. Henrique o escutava sem uma palavra, sorrindo de quando em vez. "O tio Henrique era liberal e, quando passou o imperador pelo Pilar, foi para a cadeia. Tinha tratado mal a um pardo da comitiva e o sujeito era um grande da Corte. Os conservadores não aguentavam os debiques do tio Henrique e faziam o diabo com ele. Até 'serra-de-moça' puseram na bagaceira do Maravalha. Tinha tio Henrique muitas filhas para casar. Mas não podia com o velho. Vingava-se ele botando apelido em todo o mundo. E como tio Zezé do Oratório tinha cabeça muito grande, passou a se chamar Zezé Cabeça de Comarca. Ninguém podia com o tio Henrique. Nunca fez nada na vida. No ano de 1877 andou nas empreitadas da estrada nova. E saiu mais pobre ainda. Espalharam que ele andava comendo a carne dos pobres. E pobre sempre foi a casa do tio Henrique. Só tinha filhas para casar. E casou-as todas. Toda a sua vontade era pegar uma comenda do rei. E dizem que não chegou a isto, apesar de amigo de todos os presidentes, por causa do filho Belarmino que fora condenado para Fernando de Noronha. A família sujara-se com o ato de Belarmino. Havia quem dissesse que ele fora mandado pelo tio João do Recife."

32

A TIA MARIA NÃO se arredou mais do Corredor desde o parto, e era isto o que mais desejava o pai. Retomava assim as rédeas do governo da casa, apesar da oposição da mãe Janoca. Por parte da tia Naninha não houve luta nem ressentimento. Sabia ela que o pai melhor se dava com a outra irmã. Comigo tudo continuaria com a tia Naninha. Pouco dispunha a outra para a filha que crescia. Eu mesmo olhava para Maria Emília com verdadeiro encantamento. Para mim, como ela não havia menina igual no mundo. Os olhos pretos, os braços gordinhos, os cabelos anelados. Uma verdadeira boneca. A mãe só vivia para ela. Não me sentia diminuído com a presença de Maria Emília. A velha Janoca porém não dava conta da sua existência. Foi quando apareceu no engenho a velha Sinhazinha. Ouvira muito falar de suas bravatas, dos seus rompantes, dos seus violentos processos de vida. Era uma mulher sem paz na consciência. Era a irmã caçula de minha avó. Casara com o doutor Quinca do Engenho Novo e o matrimônio não durou muito. Contavam que o marido a mandara de volta ao pai, amarrada numa mesa de carro de boi. A filha mais moça do velho João Álvares tinha o diabo no corpo. Nem a brabeza do doutor Quinca pudera com ela. Ficara, depois de repudiada, a morar com os pais. E dentro da casa do engenho Jardim dominava a todos. Contava o meu avô que certa vez, ao chegar na casa-grande, o sogro chamou-o pedindo-lhe para trazer as pratas da casa. Queria contar. Feita a conferência, lhe disse o velho: "Ora veja, menino, Sinhazinha me havia dito que tu havias roubado meia dúzia de talheres do faqueiro". Não se importava a velha Sinhazinha com parentes ou aderentes. O que lhe valia era a paixão da hora que ela vivia. Por onde andava havia de estar a discórdia, a intriga entre grandes e pequenos e, mais do que tudo, a crueldade na ação. Criava negrinhas para judiar com as pobres. Martirizava todo o mundo. Separada do marido, nunca recebeu dele um vintém. Era sempre inclemente e disposta às maiores injustiças. O meu avô tolerava todas as suas extravagâncias, e a minha avó não permitia que se fizesse a menor restrição às suas vontades. O povo do Itambé temia-a como a um demônio. Os parentes de lá davam graças a Deus quando ela vinha para o lado da várzea. Seu José do Jardim, Né do Cipó Branco e a sua irmã Donana fugiam da tia e da irmã como de uma peste. No Corredor ela se sentia em casa. Meu avô sabia que ela era uma onça. A tia Naninha não deixava que eu estivesse por perto da velha porque, a propósito de tudo, saía-se ela com malvadeza. E que língua para difamar, para criar casos entre os pais e filhos. De sua gente nada sabia e dela não queriam saber nem de longe os filhos. Tinha netos que nunca vira e, mesmo, os três filhos que tivera com o marido foram criados sem saber que eles existiam. Era sustentada pelo meu avô. As casas-grandes dos parentes do Itambé a recebiam com a maior consideração. Onde chegasse, teria quarto e tudo o que desejava. Mas demorava pouco em qualquer lugar. Mal punha os pés no Jardim, começava a separar uns dos outros. Com ela agora no Corredor as negras da cozinha andavam de crista caída. A senhora Sinhazinha não dava tréguas a nenhuma. Gritava com Generosa que era a abelha-mestra da fábrica, falando dos tempos da escravidão como de uma era feliz para os brancos. A sua gabolice era o elogio ao pai, ao velho João Álvares, homem de muitas posses e reconhecida brabeza. Fora oficial na guerra de 1848 e a canalha de Borges da Fonseca não aguentara a sua força. No Pau Amarelo botara os miseráveis para correr. Para a velha Sinhazinha os parentes da várzea não valiam nada. Gente boa era a do Itambé. Padre como o cônego Júlio não podia haver igual no mundo. Fazia até milagres. E uma semana santa no Itambé podia-se ver. Separada do marido na flor da idade, conservou-se digna apesar das mentiras que cercavam a sua vida. Não era mulher para sofrer falta de homem. No entanto não havia honra de donzela, de mulher casada, de marido para a sua língua desesperada. Nunca ouvi referências suas ao marido. Para ela não existia mais o poderoso doutor Quinca do Engenho Novo. Uma vez a chave da despensa desapareceu. A velha Sinhazinha botou logo para a negra Pia. Deram na pobre e nada de aparecer a chave. Foi preciso chamar o mestre Fausto para arrombar a porta. Dias depois foram lavar a jarra da água de beber e lá encontraram a chave. Tinha sido obra da velha para ver a negra Pia no castigo. Foi por isto que a filha de Avelina quis se matar. Correu um irmão para a cozinha gritando: "Mãe, Pia está amarrando cordas para se enforcar na casa velha". Correram para o lugar e encontraram de fato a negra se preparando para a morte. Foi um rebuliço danado na casa inteira. O meu avô, que não fazia mal a uma mosca, levou a negra para o quarto e deu-lhe dois bolos com a palmatória que fora do tempo da escravidão. Dias mais tarde Pia fugiu do engenho e nunca mais se soube notícia dela. De quando em vez a velha Sinhazinha se possuía de um ódio infernal contra uma pessoa qualquer. E tocava a descobrir e inventar. Se por acaso via um menino desprevenido, puxava-lhe as orelhas ou lhe dava um muxicão de arrancar pedaço.

O doutor Quinca não era homem de muitas mulheres como os primos. Vivia no Engenho Novo, com uma parda chamada Teresa, pessoa de muitas qualidades e até bastante querida no Corredor. Quando passava ela de carro de boi com destino às promessas do Alto da Conceição, parava na porta do Corredor e a tia Maria fazia tudo para que ela descesse. A parda tinha tudo de uma senhora de engenho. Recordo-me bem de sua figura gorda, vestida do melhor, de brincos nas orelhas e do seu sorriso franco:

— Este é o menino de Amélia? Tem tudo do pai, é a cara do João do Rego.

Recebia-se Teresa com o melhor carinho. O meu avô a tratava com toda a consideração e até a velha Janoca se

Meus verdes anos • 127

mostrava simpática à amante do cunhado. Coração de ouro tinha Teresa. As negras do Engenho Novo adoravam-na e ela sabia se pôr no seu lugar, escondendo-se das visitas de cerimônia que vinham à casa do doutor Quinca. Criara os filhos do homem que era o seu senhor e estendia a sua amizade mesmo aos inimigos da gente do Engenho Novo. Comprara o doutor Quinca uma grande casa na praia Ponta de Mato e a dona Teresa ali se alojava com os filhos e netos do poderoso. Se aparecia um importante da política para tratar com o doutor, não dava as caras, recolhendo-se à sua condição sem espécie alguma de revolta. Diziam que somente uma santa para aguentar os rompantes do doutor Quinca. Teresa era tida como tal, aquela que fora nascida para ser o contrário da velha Sinhazinha. Ouvi uma ocasião a velha dizendo:

— Maria está cheirando o rabo da rapariga do Quinca. Isto é coisa mandada fazer pelo marido para pisar em cima de mim.

33

MANDARAM-ME PARA A ESCOLA de João Cabral, aula pública para meninos. Morava João Cabral na própria casa da escola. Era uma sala cheia de bancos onde só havia uma cadeira de palhinha que viera do engenho para mim. Havia meninos de pé no chão, a maioria filhos de gente da vila. Poucos de fora. Apenas os filhos do mestre Firmino que morava em terras do meu avô. O mestre me tratava com benevolência excessiva. Homem de família rural, fora nascido do segundo matrimônio de dona Delmana. Não era Holanda Chacon como a sua irmã Amélia, casada com seu Lula do Santa Fé.

Soltos como órfãos deserdados, não sei por que os três irmãos, João, Porfírio e sua irmã, levaram uma vida desgraçada. Eram três loucos soltos no mundo. Ao melhor, João Cabral dera a cadeira do sexo masculino para reger, espécie de arrimo para sustentá-lo. Dona Olívia dava para gritar horas seguidas. Era uma mulher bonita, de cabelos brancos a se derramarem pelos ombros. Não devia ser velha e nos dias de mais tranquilidade chegava pelo corredor até a sala de aula. Todos se calavam. Dona Olívia olhava para cada um como se quisesse nos reconhecer. Os olhos eram verdadeiras chamas. E havia nos seus lábios um ricto de desprezo furioso. Era como se todos nós estivéssemos à espera de seu castigo. Então ela olhava para o irmão de olhos baixos, com o *pince-nez* quase a despencar do nariz, e dava uma gargalhada de dobrar. E corria para dentro de casa.

Uma manhã apareceu na porta da aula um homem bem-vestido. Entrou para conversar com o mestre que aquele dia não estava vestido para visita. Apresentou-se João Cabral de tamancos e manga de camisa rasgada. O homem era um fiscal do governo que queria reunir a aula para uma sabatina. Perguntou coisas ao mestre, tomou nota no livro e se foi. Quando chegou o portador do engenho para me levar, ele me chamou para um canto e me falou com uma tristeza na voz de quem esperava um castigo:

— Diga ao coronel que esteve aqui um fiscal do governo. Diga que eu conto com a proteção dele.

Vim pela estrada por debaixo das cajazeiras, com a cara do mestre na cabeça. As moças do Piquenique estavam na janela. E com pouco mais chegávamos no engenho do seu Lula. A casa sempre fechada, e pela faxina da horta subiam jitiranas de flores roxas. Dona Amélia era irmã de

Meus verdes anos • 129

João Cabral, de Porfírio e de dona Olívia, e não se davam. A cabeça branca de dona Olívia e aquela tristeza sombria de dona Amélia se cruzavam. Ao chegar fui logo dando o recado ao meu avô. "Coitado de João Cabral; enquanto eu puder ninguém faz mal a ele." Nada aprendi na aula do mestre desgraçado. Somente fiquei mais próximo da infelicidade. Havia uma dona Olívia, doida, sem rumo nas palavras. Conhecera a doida do "cisco". Era uma pobre mulher que passava pelo engenho a arrepanhar todos os gravetos que encontrava pelo caminho. Ninguém sabia de onde vinha. E não havia moleque que tivesse coragem de magoá-la com um grito. Mas dona Olívia era uma doida que me tocava de perto. Perdera o juízo desde moça, sem motivo nenhum. Apenas deixara de falar dias seguidos. Dizia tia Maria que não houvera moça mais bela do que ela. E pobre como Jó. Os irmãos tinham sido jogados para fora do Santa Fé. Se não fosse a aula que João Cabral abrira no Pilar, teria morrido de fome. Por fim o meu avô lhe arranjara a escola pública. Aí a vida dos três loucos se normalizou mais. Todo o mundo tinha João Cabral na conta de pancada. O outro ainda se punha a andar pelos arredores da vila, sem parar em parte alguma. João Cabral não dava um passo além da sua casa. Depois da aula punha a cadeira na calçada e ali passava quase que o dia inteiro. Dona Olívia cantava benditos e gostava de aparecer à janela falando alto como se mantivesse um diálogo com pessoa íntima. Uma vez eu vi uma gravura com a imagem do poeta Milton e era toda ela igual à cara de dona Olívia.

Todos em casa estavam seguros da minha burrice. Nada aprendera na aula de Donzinha e João Cabral. Por isto, pelas manhãs, a tia Naninha me obrigava a estudar. Vinha ela mesma me forçar a ligar as sílabas, a somar quantidades. Tudo me parecia dificílimo. As letras boiavam nos meus olhos banhados de lágrimas, pois a tia Naninha perdia a paciência com a minha obtusidade e me dava piparotes. Ficava sentado nos fundos do alpendre onde via as coisas da terra nas maravilhas da manhã. Tudo me chamava para fora, tudo se mostrava de uma sedução invencível. Passava gente pela estrada. Quando o tangerino Cabrinha aparecia de gaita no bico, na frente das boiadas, tocando aquela dolência para animar os bois a caminhar, quase se partia o meu coração.

— Estuda, menino! – gritava a tia.

Fingia que olhava a página suja da cartilha mas os meus olhos só viam o que não estava escrito no papel. Pedira ao Henrique para me ensinar, queria mãos de homem para ver se teriam forças de enfiar pela minha cabeça as letras e os números. Não havia jeito. Era mesmo a burrice de senhorzinho Goiabão e de João Beabá. O que mais me doía ainda era saber que Eugênia andava solta, sem me ligar para nada. Chegava-se ela para meu canto para me dizer que já tinha estudado tudo aquilo. Era fácil como água. E me humilhava:

— Tem menino muito menor em Cabedelo no fim da cartilha.

Ela mesma lia a frase da última página: "A preguiça é a chave da pobreza. Por que chora Francisquinho lá no fundo do quintal?" Firmina gritava:

— Sai daí, menina, deixa Dedé estudar!

Aquele suplício era pior do que o da asma. Às vezes desejava cair doente para fugir das lições. No entanto era preciso aprender a ler. A minha cabeça era de pedra. Os primos do Santo Antônio andavam no colégio de Itabaiana e já sabiam muita coisa. O meu avô não acreditava muito em doutores mas achava que era um luxo que pagava o dinheiro. Tanto assim que gastara fortuna para formar o sobrinho Gilberto. Daria um engenho para vê-lo de canudo na mão. E era com esse pensamento que ele dizia sempre: "Homem danado é aquele Jurema da Galhofa. Ali naquela gangorra e formou dois filhos." Ainda rapaz, com esforço tremendo, formara o irmão Lourenço, que era hoje desembargador. Ele mesmo nos contava da sua aula no Pilar, onde aprendera a ler. O mestre era um negro vindo do sertão, homem de calibre, homem que não abria a boca para sorrir. A palmatória era a sua vara de condão. Fazia luz nos meninos à custa de surras e de bolos. Cada letra que Baltasar aprendeu devia ter-lhe custado uma dúzia.

A certeza da minha burrice generalizara-se na família. Aquilo me humilhava demais. Até a negra Salomé já sabia soletrar e fazer conta de diminuir. A tia Naninha desesperava--se, não se conformando com aquele meu estado, e procurava à força me arrancar daquela fama criada. Foi quando me mandaram para a aula particular de sinhá Gorda. Morava ela bem perto do velho Manuel Viana. Sinhá Gorda ensinava um pequeno número de alunos. Não seria uma velha, mas quase não podia andar de tão volumosa de carne. A irmã Maria Luísa era mesmo que um palito. Conseguiu porém sinhá Gorda, com paciência, empurrar as letras na minha cabeça. Maria Luísa ficava comigo a martelar as letras, a indicar forma dos números, a me pegar nas mãos para os garranchos. Sujava as mãos de tinta, lambuzava a roupa e aos poucos foram me chegando as palavras. Agora já sabia ligar as sílabas e escrever o abecedário. Gostava do x pela facilidade de riscar-lhe a grafia. Mas havia o l, e o n que tanto me confundia com as pernas, e o *m* que parecia, com milhares de pernas, com um embuá. O fato é que sinhá Gorda operara o milagre. Na sala de aula a sua pessoa enorme enchia tudo. Exalava-se dela um cheiro esquisito. Devia ser suor concentrado. Enjoava-me o bafo de café com pão que as duas mestras largavam quando voltavam lá de dentro. Havia mais uns cinco meninos comigo. Os filhos de Zé Medeiros e outro cujo nome não consigo me lembrar. A aula de sinhá Gorda ganhara fama no Corredor. A tia Naninha dizia: "Sinhá Gorda conseguiu desasnar o José". Às vezes passava na porta o velho Manuel Viana para conversar. Mas não era conversa, eram desabafos e desaforos contra João José, o filho do doutor José Maria, que se fizera de chefe de sua família depois da morte do irmão Anísio. Mataram o rapaz Anísio para roubar. Tinha ele uma prensa de algodão e desconfiou que estava sendo roubado. E passou a dormir na casa do vapor. Uma noite acordou com os ladrões no paiol. Correu para cima deles e foi ferido de morte no coração. A notícia estarreceu a vila pacata. Os assassinos eram moradores do Corredor. Recordo de vê-los amarrados de corda na porta da casa-grande. Meu avô mandou que lhes cortassem as cordas. Ainda tinham as facas manchadas de sangue. O tipo estava de cabeça baixa e negava tudo. Aquela mancha na faca vinha de um abacaxi que tinha descascado. Anísio Maroja era um belo rapaz, querido de toda a vila. Os cabras só não morreram porque dona Débora, a mãe do morto, não deixou: "Que Deus os castigue", disse ela e se cobriu de luto até a morte.

A tia Naninha queria exibir o meu adiantamento e mandava ler para os outros o título do *Diário de Pernambuco* e da *Província*. As negras da cozinha espalhavam que eu já estava lendo jornais. Passara para o primeiro livro de leitura e já sabia fazer conta de somar e de diminuir. "Já está mais adiantado que o Goiabão", dizia Firmina. Não era tão burro assim como parecia. Tudo isto foi me dando mais confiança para o estudo. Apareciam os meus acessos de asma e os resguardos me entediavam. Teria que permanecer na cama até que a tosse perdesse a sua violência.

Enquanto os grandes ficavam na ceia, mandavam para ficar comigo a negra Marta, filha de Avelina. E aí a história começava a se atravessar de episódios que não devo silenciar. A negra me arrastava para as suas pernas e se esfregava em mim, despertando as minhas verdes concupiscências. Punha-me a serviço de todas as suas volúpias desenfreadas. Em suas mãos passava a ser um boneco. Mas não era um boneco impossível. O cheiro das partes de Marta despertava-me um fogo perigoso. Trepava-se por cima de mim, quase me abafando com as coxas carnudas. Aquilo se transformou num vício. A negra se pegava comigo com violência e levou-me uma manhã para um banho de rio. E toda nua, pelo seu corpo esguio passava a água mansa do Paraíba. E ela me arrastou para o seu corpo e eu vi a vulva negra a se abrir como uma flor rubra de cardeiro. Agarrou-se comigo e me beijou como se me quisesse comer. As águas do rio deslizavam em correnteza branda e Marta espremia-se sobre a ribanceira à procura não sei de quê. E pegava as minhas partes, e com a boca quente me mordia, numa sofreguidão de fome canina. Virava os olhos, metia a mão entre as pernas e terminava grunhindo num desabafo de fim de vida. Nada tinha daquela porcaria de Eugênia. Gemia, torcia-se na terra da ribanceira, me chamava com tamanha ansiedade que me metia pavor: "Tu tem leite de peito na boca". E me beijava, e me sugava os lábios tal qual as abelhas com as flores do campo. A negra era um demônio.

34

SENTIA-ME COM MAIS VISÃO para melhor examinar as coisas. A tia Naninha só faltava partir-se de tão magra. E se queixava de dores nas cadeiras. Com a presença de Carolina, entrara com as negras nas novenas. Ouvi Firmina em conversa com a tia Maria:

— Esta menina precisa casar-se.

A moça caçula disfarçava os seus desejos com veemência:

— Qual nada! Filho já tenho um para criar. Não estou cuidando de casamento.

Falaram no Ribeirinho do Salgado, no primo Raul do Gameleira. Tudo porém só era mesmo falaço.

Uma coisa passava a me preocupar. Por que só queriam que eu chamasse ao meu pai de João do Rego? Por que não davam nenhuma importância aos meus parentes de Pernambuco? Sempre que eu fazia qualquer coisa que não agradava, diziam logo: "Não nega que é filho de João do Rego". No entanto as negras da cozinha, quando se referiam ao meu pai, faziam em termos de afeição. Homem sem bondades, homem sem brabezas, ganhara o meu pai fama de sovina: "No engenho de João do Rego se vende feijão macassa em molhos". Quem lhe dava alguma consideração era a velha Janoca. Quando ele aparecia, o meu avô não lhe fazia sala. Tudo isto foi me aguçando a desconfiança. Casado de novo, o meu pai fora mandado para tirar a primeira safra do Itapuá. Podia ter assumido a direção do grande engenho definitivamente. E assim não aconteceu. Tirada a safra, dera-lhe o meu avô o seu pior engenho para ele trabalhar. As minhas tias se queixavam de que a minha mãe não tivera o

Meus verdes anos • 135

tratamento que merecia por parte do marido. Contavam histórias da sovinice do meu pai. Todos eram primos, sendo que os Rego Cavalcanti não deixaram as terras de Pernambuco pela várzea. O meu avô paterno se chamava José do Rego Cavalcanti, filho de homem rico, senhor de engenho dos mais poderosos do Itambé e Brejo de São Vicente. Homem extraordinário, de coragem de ser só e de não querer ligações com os ricos da família. Casara-se a sua mãe viúva com o doutor Joaquim Lins, chefe conservador e filho mais moço de Num, o patriarca. Dona Teresa, depois do segundo parto, perdeu o juízo. Do primeiro matrimônio vinham-lhe o meu avô e outro irmão. Era o velho Zé do Rego uma espécie de Quixote, de coração escancarado, de boca aberta para as verdades. Alto, de longas barbas que iam ao peito, vendera o engenho herdado para gastar com o partido católico que se quisera fundar em Pernambuco depois da questão dos bispos. Em eleição renhida em Itambé, estando a dar guarda às urnas na igreja, fora agredido pelos liberais e sustentou briga com os assaltantes. Quebraram-lhe uma perna. Pobre, muito pobre mesmo, não temia nem respeitava o dinheiro de ninguém. O padrasto temia os seus rompantes. E rara era a reunião em Pau Amarelo em que não aparecessem incidentes criados por Zé do Rego. Não respeitava visitas e nem tolerava cerimônias. O velho doutor Lins temia-o. Talvez fosse a única pessoa capaz de abalar a gravidade do chefe.

Casara-se o meu avô paterno com uma irmã de João César, sertanejo que chegara de Glória do Goitá com fama de riqueza. Aboletara-se João César Marinho Falcão em Itambé e depois de casar-se com a filha do homem mais rico do lugar, o meu bisavô João Álvares, começou a passar as irmãs aos parentes. Casou-as todas. Ao rapaz Zé do Rego coubera a senhora dona Antônia. Esta, sim, foi a imagem mais pura que conheci de avó. Aos primeiros anos de matrimônio, com o seu José, como chamava o marido, cegou por completo. E cega criou os filhos e filhas, com a maior brandura deste mundo. O marido não era homem de trabalho. Era homem de muito falar, de muito gritar, de muito descompor. Arruinado, foi-se acolher no Sítio do Una, onde cultivava abacaxi. Tendo se inimizado com o primo Feliciano da Cunha, fez juramento de não permitir enxada dentro de casa para que nem cunha de enxada entrasse ali. Conheci-o já de barbas brancas. As suas histórias corriam como anedotas. Certa vez havia uma visita de cerimônia. E como estivesse descomposto, de braguilha aberta, uma das filhas foi à sua mãe para que esta chamasse a sua atenção. Então o velho não se conteve: "Para isto não é cega!" Criada a família, foi para as filhas muito difícil a tolerância dele para com os noivos. Três filhos do tio Leitão Hipólito, Adelino e seu Né, casaram com as suas filhas. Espalhavam que ele fazia todo aquele barulho para não comprar enxoval e nem dar festa. Inimizava-se com os genros. Depois chegava às boas, sem que as suas iras tivessem deixado mágoas. A gente do Corredor não punha dúvidas sobre o juízo do velho Zé do Rego. As suas extravagâncias, seus modos de agir, os temas das conversas escandalizavam o meu povo. Sempre que, mais tarde, acontecia eu fazer qualquer coisa de anormal, diziam logo: "É neto do Zé do Rego". Nunca o vi no Corredor. Só o conheci anos mais tarde, apesar de saber de sua vida em detalhes. Os vendedores de abacaxi contavam de suas brigas com vizinhos. Andava em cavalo manso e ainda punha antolhos no animal. E pelas estradas errava a sua figura, metido na sua solidão. Os matutos davam vez para a sua passagem e ele não levantava o chapéu para responder aos cumprimentos dos viajantes. A grande barba vinha aos peitos e trazia atravessado na cintura, igual a uma arma de aço, a sua tabica de cipó-pau. Fora amigo em Umbuzeiro do pai de Epitácio Pessoa. E maior brasileiro não havia do que o menino Pita, que viu pobre nas terras dos pais. Quando se formou, Epitácio mandara-lhe uma carta onde oferecia os seus préstimos de advogado. Trazia debaixo de sete chaves documento de tanta significação.

A minha avó Totônia cosia sem dificuldade. Pelo tato sabia do avesso e do direito do tecido e enfiava linha em suas agulhas. Após criar as filhas, vivia agora com os netos naturais, tomando conta de todos com os mesmos cuidados. Era baixa, de voz cantante, de uma doçura de açúcar purgado. O seu irmão João César só andava acompanhado de pajens metidos em fardas. Não havia homem mais estradeiro. O seu João César possuía o dom de encantamento. Sempre que o via na estrada Bubu sabia ao certo que teria negócios para perder dinheiro. Mal se aboletava, os pajens tiravam-lhe as botas de cano alto e o seu João César começava a falar. A princípio o meu avô fingia que não ouvia nada. Aos poucos o velho João César punha as cartas na mesa e terminava fazendo o que bem queria. As suas palavras não se perdiam em vão. Os negócios no Recife estavam para encher a bolsa. Fundavam-se companhias, e a estrada de ferro furava até as divisas de Alagoas. O mestre estava precisado de dinheiro para adiantamento em tarefas. O meu avô não resistia. E o tio João César desejava madeira para dormentes e tudo se faria a seu gosto. Dias após saía o cortejo com o tio e os seus pajens de galão. Diziam que ele não podia usar aqueles tratamentos, pois não passava de sertanejo como os outros. E nunca foi homem rico, sempre atrasado, sem recursos para mandar os filhos ao colégio do Recife. Casara uma filha com um Nunes Machado, outra com Meneses, homem de muito falar mas tido e havido como pessoa de qualidade. Ainda conheci a tia Nana, sua mulher, criatura de sofrimento pela vida de aventuras malogradas do marido. Herdara bastante dos pais e o marido botara tudo fora. Nada tinha ela da velha Janoca e nem da irmã Sinhazinha. Era uma mulher mansa, sem rancores, de ar humilde, muito estimada em Itambé pelos grandes e pequenos. Os filhos no fim de sua vida não a deixaram passar necessidade. Somente sofria pela filha casada com o Nunes Machado, homem sem as boas normas da família. Diziam que tinha uma aduela de menos e, sendo telegrafista, vivia de uma paragem a outra, obrigando a mulher a situações de vexame. Deram-lhe o apelido de Mandinho, e apesar de tudo possuía instrução superior. Falava francês e discutia assuntos de política com tio Lourenço, que o achava desmiolado.

O caso da filha da tia Nana era muito falado no Corredor. Não se podia admitir que uma pessoa da família passasse necessidade como ela. O marido deixava a casa para desempenhar as suas funções de telegrafista e levava anos e anos sem dar uma palavra aos parentes. Vivia a filha de tia Nana, com os filhos, no Recife, em quase miséria, morando em casa de arrabalde como qualquer camumbembe. Uma filha de Generosa escreveu para a mãe contando que a havia encontrado: "Engoma para ganhar a vida". Aquela notícia exasperou a velha Janoca:

— José Lins devia escrever a Lourenço para fazer alguma coisa pela filha de Nana.

Lourenço bem que podia saber do estado de pobreza da sobrinha, mas não se incomodava. Uma neta do pai João Álvares fazendo serviço de negro. Não podia ser. Tinha que dar um jeito.

35

A MAGRÉM DA TIA Naninha preocupava todo o mundo:
— Esta menina precisa tomar banho salgado, fazer um passeio ao Recife.

Lá um dia apareceu a tia Iaiá no engenho e tudo ficou combinado. Iríamos passar uns tempos no Maçangana. Foram alguns meses decisivos para mim. Maçangana era outro engenho do meu avô, dado a Trombone para viver. Trombone, ou José Francisco de Paula Cavalcanti, era o genro mais velho do meu avô. Viera do Itambé para se casar com a tia Iaiá sem um vintém no bolso. Os pais haviam perdido tudo e ele exercia o lugar de escrivão no Itambé. Seu casamento deu o que falar, pois nunca se vira mulher mais feia que tia Iaiá. Trombone ganhara este apelido pelas suas longas pernas. Quando pegava no taco de bilhar, abria e fechava as canelas num movimento de trombone de vara. Ficara Trombone para toda a vida. Ele mesmo adotava o apelido nas suas cartas. Casara-se só com a roupa do corpo. Houve tempo que até o dinheiro para a feira ele vinha buscar no Corredor. Não havia homem mais ladino do que ele. Em pouco tempo conseguira a confiança absoluta do sogro. Viera do Itambé, onde servira de escrivão ao seu padrinho André Cavalcanti. E sabia por isso mais do que os outros. Oferecido ao meu avô um lugar de deputado, indicou o genro e esse atravessou a República em constantes reeleições. Diziam que Cazuza Trombone era preguiçoso porque muito gostava de espichar-se no marquesão e deixar a terra da várzea trabalhar para ele. Puro engano. Trombone quando se deitava trazia na cabeça o que se fazia pelos partidos e roçados. Quando o feitor José Felismino aparecia com os dados do dia de serviço, o coronel não perdia nada. A cabeça funcionava como um relógio deitado. O forte de Trombone era a choradeira. Chorava o ano mau, a safra pequena, o gado magro, a cheia do rio, a qualidade do açúcar. Sempre dizia que não tinha nada. Chegara no Maçangana com uma mão atrás da outra e umas vacas da mulher. E não demorou a crescer, a se transformar no homem da família para os negócios exteriores. O meu avô o chamava para tudo. Sem filhos, criava uma menina como se fosse gente de seu sangue. Não era homem de luxo. A casa do engenho não correspondia com a sua importância de chefe político. Mas a sala de jantar vivia cheia. Em suas terras, quase no extremo da bagaceira, ficava o entroncamento ferroviário. Vendera aos ingleses uns terrenos para as obras da estrada. Vez em quando aparecia gente que perdia o trem para dormir em Maçangana. Gostava Trombone de encher a casa de negros. Havia mesmo um chamado Sebastião que minha tia Iaiá tomara desde criança para criar. O moleque vestia-se todo chibante e tocava bandolim. Da casa-grande via-se a chegada dos trens que cruzavam na estação. Havia os horários de Guarabira e do Recife. Via a carapuça das chaminés das máquinas, os carros de passageiros e ouvia os apitos de partida. Corríamos para ver às portas da casa-grande os horários do Recife e da Paraíba. Não havia rodagem passando por Maçangana. Isolava-se o engenho no alto e as cajazeiras no fim do cercado não permitiam que víssemos o rio. O importante em Maçangana era o trem. A mulher do feitor Felismino mandava vender laranjas e limas na estação. Vinham de longe mendigos para o instante das paradas. No momento das manobras o lugarejo se enchia de gente.

Meus verdes anos • 141

O capataz da estrada, o seu Justa, morava com a família no sítio Consolação. Seu Justa viera do Ceará, e pelo que apresentava mostrava que tinha condição de boa gente. Os filhos andavam em colégios e tinha até uma filha estudando na Bahia para doutora. O velho Justa às vezes entrava nas bebidas e aquele homem grave, de chapéu de palha, virava um terror. Corriam dele. A fúria de seus ímpetos chegava a agressões pessoais. Lembro-me dele nas conversas com Trombone, todo maneiroso. Era compadre Trombone pra cá, compadre Justa pra lá.

Ouvi Trombone, olhando para a linha de ferro, dizer:

— Iaiá, o compadre Justa vem nos azeites.

Era dia de carraspana do capataz. Subia ele os degraus de escada todo vermelho. E começava o rebuliço. Os gritos dele troavam e não admitia interlocutores, só ele falava. Perguntava as coisas e ele mesmo respondia: "Está te lembrando, Justa? Estou." Trombone não abria o bico. E se ofereciam um café, o velho Justa se considerava ofendido: "Está o senhor muito enganado, senhor José Francisco, está muito enganado, não estou bêbado, meta o seu café no rabo". Pedia água para beber, e quando a negra lhe oferecia o copo, derramava tudo. Queria à força guardar a água no bolso do compadre. "Guarde aí, seu José Francisco." Trombone corria de um lado para outro. Depois seu Justa sentava-se numa cadeira de vime e aos poucos adormecia aos roncos. A tia Iaiá fechava a sala de visitas e se falava baixo para que o sono do compadre Justa abrandasse os seus rompantes. Mais tarde ele abria a porta e saía. Ia pela estrada de ferro de andar firme, de chapéu bem em cima dos olhos, como se estivesse com vergonha de encontrar um conhecido. "Pobre do compadre Justa", dizia Trombone.

142 • José Lins do Rego

"Deve beber para matar qualquer desgosto." Ninguém sabia dos desgostos do seu Justa, que era um homem festeiro. Tanto assim que conseguira transformar a igreja do seu sítio Consolação num centro de grandes festas. Criou a festa da Consolação assim como havia a festa da Conceição no Pilar. Morava num sobrado e lá chegavam os grandes que vinham para a novena. Trazia música da Paraíba e padre de fama para o sermão. No Consolação vi pela primeira vez fogos de vista com painéis. Queimavam girândolas e depois tudo parava para o espetáculo pirotécnico. Do meio dos fogos, dos pipocos, surgia a imagem de Nossa Senhora. O povo parava para ver. Silenciavam os bozós, o carrossel não andava, as grandes figuras na porta do seu Justa a admirar as maravilhas do fogueteiro do Espírito Santo. O negro Sebastião trazia um companheiro que tocava violão. As irmãs de Celeste cantavam modas. E assim em Maçangana tia Naninha melhorava.

As visitas da Paraíba, por outro lado, animavam a vida do engenho. Pareceu-me uma coisa estranha a chegada de um comerciante rico da capital. Era um negro casado com uma mulher branca e bonita. Um negro rico e tratado com a maior consideração. Tinha o nome de Benevenuto, e Trombone o cercava de conversa. Se não me engano, já havia ele herdado do pai a fortuna. Santa de Benevenuto tinha tudo de mulher de cidade, cheia de enfeites, falando com desembaraço. Deram a Benevenuto a cama de ferro do casal. O negro parecia amigo do governador e mandava em muito dinheiro. Conversava com os modos do meu tio Lourenço do Recife, de fala moderada e fazendo gestos de senhor. Santa de Benevenuto se ligou muito com a tia Naninha e com ela fazia passeios à tarde. Fomos à casa do seu Justa, ao sobrado que vira na noite da festa. Agora me assombrava a riqueza da casa. Cadeiras de palhinha, quadros na parede e um piano. As filhas de seu Justa falavam como Santa de Benevenuto e sabiam de acontecimentos de fora. Mostraram figurinos a tia Naninha e brincavam com ela, querendo saber de casamento, de noivo. A tia recolhia-se na sua timidez e dizia sempre: "Já tenho filho para criar". Santa de Benevenuto me achava muito parecido com meu pai: "Ele tem tudo de João do Rego. Há quanto tempo não vejo essa criatura!" Depois apareceu o dono da casa com a notícia da morte do presidente da República. Morrera de repente. Diziam que com raiva do ministro da Guerra. No engenho, Trombone mostrava-se preocupado. Havia uma sincera tristeza na casa. Papa-Rabo, com o negro Benevenuto no engenho, não aparecia: "Não me sento com negro para comer. Lugar de negro é na cozinha." No outro dia foram-se as visitas. A tia Naninha leu, para todos, os jornais com a notícia da morte do presidente.

Papa-Rabo chegara do sertão, onde apanhara um animal que ele dizia ser cavalo de fino trato. Fizera a troca com o coronel Claudino Perna de Pau em Soledade. A tia Iaiá às vezes perdia a paciência com Vitorino e passava-lhe descomposturas tremendas. Ele não se amedrontava: "Pode gritar, cara de sedenho!" Trombone saía da sala para não sorrir na frente da mulher.

A vida em Maçangana me fazia esquecer a do Corredor. Nem sabia mais que havia o engenho de Bubu. Viera a tia Maria, grávida outra vez, nos visitar. Não viera o marido porque ainda restavam divergências entre ele e Trombone. Também viera Firmina e, com ela, Eugênia. Ficávamos a ouvir o negro Sebastião a repenicar no bandolim. A filha da tia Maria andava de pés espalhados, com os cabelos em cachos, os olhinhos bulindo. No pescoço medalhinhas de ouro e figas contra os maus-olhados. Não podia haver nada mais bonito para mim que Maria Emília. Diziam que se parecia com a gente do pai. Ouvi uma vez Assunção, a filha do tio Joca, dando-lhe beijos, apertando-a, dizer a sorrir para a tia Maria: "Estou espremendo o sangue ruim dela". Aquilo era referência aos primos do Engenho Novo. Eugênia me contava histórias do Cabedelo. Morava bem defronte das oficinas da estrada. E se acostumara com o movimento das máquinas. Faziam máquinas de andar nas oficinas. Podíamos sair pela beira do rio. Tudo era bem diferente do Corredor, somente a cozinha se parecia. A tia Iaiá trouxe de seus antigos o gosto pela cozinha cheia. O que porém dava agitação na casa de Maçangana eram os papagaios que cantavam e falavam como gente. Os papagaios de Maçangana tinham fama. Havia um que imitava a tia Iaiá aos gritos. Vinham nomes feios e os desaforos transmitidos pela boca do "louro", provocando gargalhadas.

O meu avô apareceu um dia. Nem parecia aquele Bubu do Corredor. Sem a sua naturalidade, sem os brados de comando, não seria o mesmo de lá. As conversas giravam sobre safras, preços de açúcar, compra de terras. O velho Zé Lins não permitia que aparecesse gente nova na várzea. E fez finca-pé para comprar o Santana. O doutor Joaquim Moreira, o genro viúvo, também aparecia para conversa. Falavam que andava com vontade de se casar com Alice, uma filha do velho Joca. Para a família, seria ótimo. O meu avô rejubilou com a notícia. E pediram a mão da moça em casamento. Mas tudo correu ao contrário. Alice não aceitou o noivo imposto. Só se casaria com João de Noca, o que tocava violão e cantava modinhas revirando os olhos. O doutor Joaquim Moreira não dava importância às conversas dos parentes. Para ele todos não passavam de matutos sem letras. Às vezes meu avô se desabafava: "Não me entra mais doutor na família". E contava episódios do casamento da filha Mercês. Aparecera aquele doutor, juiz municipal no Pilar, filho de gente muito boa da Paraíba. Dera-lhe um engenho de porteira fechada, uma casa de purgar com toda a safra do ano e mais de quarenta bois de carro. Nunca esse doutor Quinca comprara um alfinete para a mulher, Janoca mandava tudo para Mercês. E nunca fez nada. O engenho não parou de safrejar porque para lá mandou um feitor de confiança. Santo Antônio e o Cobé, terras que o doutor Quinca desprezava, davam para enricar qualquer homem com disposição. O doutor Quinca passava os dias lendo jornais, e o mais que corresse à vontade. Por outro lado, queixava-se ele que o meu avô só dava importância a Trombone. Poderia tê-lo feito deputado e não quisera. Ora, Cazuza Trombone valia pelas suas próprias qualidades. Dera-lhe a mão o sogro e ele conquistara prestígio de chefe. Amigo íntimo do governador Valfredo, fizera-se de político tido e havido como perna de governo. E o ajudava uma sorte extraordinária. Onde estivesse, os ventos corriam a seu favor.

Eugênia não era mais menina. Atraía-me para as moitas de cabreira e, se não repetia as diabruras da negra Marta, me obrigava a outras aventuras. E tanto fez que nos surpreenderam. A notícia chegou aos ouvidos da tia Naninha, às violências de Firmina. Haviam-nos pegado fazendo porcaria. Apanhou Eugênia uma surra danada. Doeram-me as pancadas em seu lombo como se fosse no meu corpo. Só ouvia Firmina gritando:

— Menina impossível, a quem puxaste assim?

Espalharam o acontecido. E muita gente grande procurava me aperrear:

— Esse menino termina um porco barrão.

146 • José Lins do Rego

36

TROMBONE MANOBRAVA OS PAUZINHOS no empenho de arranjar um noivo para tia Naninha. E desde logo se voltou para um rapaz que era de sua gente. O meu avô não tolerava o primo, sinhô Marinho de São Miguel, homem sabido como poucos, que tinha casa de negócio no povoado. Era filho de uma irmã de Trombone, muito pobre, viúva há mais de trinta anos. Sinhô Marinho tinha o apelido de Gogó de Sola e desde menino se fizera no balcão. Contra ele não se podia dizer nada de mal. Vivia de seu trabalho, mas aquele gênio mercantil não agradava meu avô. Era sabido demais. Casado duas vezes, possuía família numerosa. Trombone sabia o que estava fazendo. O filho de sinhô Marinho, casado com a filha de Zé Lins, comporia a situação. Para vencer Henrique, todo ele do outro lado, precisava contar com o concunhado que fosse manobrado à sua vontade. Foi então procurar um filho de sinhô Marinho, bom rapaz, que vivia no balcão do pai, para se casar com a tia Naninha. As manobras se processaram no Maçangana. Rui seria o escolhido, e de fato a alcovitice pegou de galho.

Aí principia a se desenvolver o primeiro ódio que se aninhou no meu coração. As minhas primeiras raivas de menino sempre foram passageiras, pequenos arrebatamentos que se extinguiam como nuvens ralas no céu. Agora não. Apoderara-se de mim verdadeira ojeriza pelo pretendente. Quando o meu avô estava no Maçangana, ouvi uma conversa comprida de Trombone. Dizia o tio Lourenço que ao desejar qualquer coisa, e sem querer demonstrar logo a pretensão, a conversa de Trombone se transformava em conversa de

Meus verdes anos • 147

bêbado: ia e voltava ao assunto sem definição certa. Desta vez o genro falou para o sogro às claras:

— É, antes de aparecer um estranho na porteira, a gente precisa tomar cautela. Naninha está mesmo carecendo de padre.

Depois chamaram a tia para o quarto onde estavam e compreendi que a conversa chegara a uma solução. A tia Naninha voltou toda risonha do encontro e mais tarde as tias Iaiá e Maria falavam:

— Rui é rapaz de gênio acomodado. Não se parece com o irmão Antônio, um bestalhão de marca. Naninha vai se casar com pessoa da família.

A tia Iaiá perguntou pelo Raul de tio Lourenço.

— E Raul? Não estavam falando nele?

Afinal o fato era aquele: a tia Naninha tinha que se casar. Sofri um choque, vi-me logo sem mãe pela terceira vez. Murchei pelos cantos e a asma se aproveitou para um ataque. Recolheram-me a um quarto de janelas arriadas e passei pelos vomitórios tremendos. Ouvia do quarto os apitos dos trens. Chegava o de Guarabira e se punha a máquina a chiar como um porco na faca. Ouvia mesmo o barulho das manobras, o bater das agulhas, o arrastar dos carros. Passava o horário do Recife.

Mais tarde Trombone voltava da Paraíba com amigos que só falavam de política. Mas o que existia de concreto para mim era o casamento da tia Naninha. Não seria nunca como a tia Maria, com aquele jeito de brigar e se esquecer. A tia Naninha não se esquecia depressa. Ficava a remexer os malfeitos, sempre a se fixar no fato que a desagradara. Neste ponto era mais filha da velha Janoca. Possuía no entanto a maneira toda sua de querer bem. Sabia que ela muito me queria. Que não me batessem, que não viessem com censuras a meu respeito. Só ela queria brigar comigo e mais ninguém. Estavam no Corredor os filhos da tia Mercês. E nem sei por que o mais velho, Silvino, aproveitou do meu tamanho para me bater. A tia Naninha virou uma fera. Não houve velha Janoca que evitasse o desforço que tomou violentamente contra o primo. E gritou para quem quisesse ouvir:

— Não me toque no José!

Apesar de suas violências, era de coração bondoso. Dava esmolas, e quando a tia Maria lia o "Moço loiro" no folhetim do *Diário*, chorava. De seus olhos claros brotavam lágrimas de pena. Ia casar. Outra vez o carro do seu Lula a bater as campainhas pela estrada, outra vez o beijo de despedida, outra vez a mãe perdida, a mãe nos braços de outro. Era demais. O noivo me causava repugnância. Era Rui de sinhô Marinho bem pequenininho, de pernas de anão, de cara fechada como de menino velho. Era o noivo que dormiria com a minha tia, o que me botaria para fora da cama amarela do Corredor. O cheiro dos lençóis, aquela quentura de corpo, as carícias maternas da tia. E o tal noivo como um ladrão me despojaria de tudo. Ao começo não levei a sério. Ao lado de Henrique, bonito, todo bem-vestido, de cara risonha e de modos de senhor, aquele Rui miudinho, a sorrir desconfiado, não passava de um nada. O nada porém foi tomando conta de tudo. Foi como um traste que apareceu pela primeira vez no Maçangana. A tia, maior do que ele, se manteve arredada do pretendente. A tia Maria deu o impulso para o começo de namoro:

— Vai conversar com o Rui, Naninha.

A outra não deu ouvidos. Trombone não se conteve e em pessoa falou com a tia:

Meus verdes anos • 149

— Vai para a sala, menina. O noivo chega a estar dando suspiros.

Sebastião no alpendre pinicava o bandolim, numa valsa ou cantiga da moda. Conversava-se animadamente. Foi neste instante que me entrou o ódio no coração ao surpreender o olhar miserável de Rui sobre a tia Naninha. Era um olhar de porco, à procura de fossar. A tia olhou para ele submissa, sem aquela sua arrogância. Era o desgraçado noivo. Trombone não se continha de satisfeito.

Do trem da tarde saltou o sinhô Marinho. Vinha ver de perto o filho, noivo da filha do homem mais rico da várzea. Obra do tio Cazuza, haveria de dizer. Comprara o sinhô Marinho o negócio de Napoleão no Pilar, e agora no sobrado de dona Inês ia passar a ser o homem mais rico da vila. O seu sonho porém concentrava-se no engenho Maraú, a maior propriedade do estado, que fora dos frades de São Bento. A segunda mulher de sinhô Marinho era filha de Simplício Caldas, senhor de engenho de Maraú. O casamento de Rui faria parte de seus planos. Não pregava ele prego sem estopa e tinha boa cabeça para os seus cálculos. O forte de sinhô era como o de Trombone: o choro. Era o lastimar-se do mau tempo, dos negócios, da falta de dinheiro. E quando se encontrava com o tio, choravam os dois de fazer dó.

— Gogó de Sola hoje só me faltou pedir esmola – dizia Trombone, brincando com as choradeiras do sobrinho.

O que me agradava no Maçangana era o movimento da casa. A tia Iaiá tinha a cozinha cheia, mas não se importava com o que faziam por lá. O que viesse para a sala de jantar estaria bem. Papa-Rabo criticava a mesa do Maçangana:

— Cazuza Trombone faz vergonha. – E se insurgia contra o café da casa: — É o pior café da várzea, café marca três efes: fraco, frio e fedorento. Aquilo é pior que tratamento de sertanejo.

A tia Iaiá o descompunha. Vitorino não ficava atrás e dizia que Trombone só se casara atrás do dinheiro do velho Zé Lins. Morava Vitorino num sítio no outro lado da linha de ferro, lá para as bandas de Santana. E meteu-se em questão contra o Estado porque o trem matara os bodes de sua criação. Fora aos jornais da capital em "solicitadas" de protesto. O advogado dos ingleses vinha ao Maçangana nesses momentos e ouvia o diabo de Vitorino.

Era comensal de Trombone um negro chamado Mendonça, muito falante e metido a político. Desde que este se sentava na mesa, Vitorino levantava-se arrogantemente para dizer:

— Não como com negro. – E gritava: — Mande o prato deste negro para a cozinha!

Mas logo que alguém o chamava de Papa-Rabo, a casa vinha abaixo. Os nomes feios brotavam da boca de Vitorino. Levantava a tabica de cipó-pau, e só com muito cuidado o acalmavam. Se lhe apertava a lua, montava no cavalo velho e saía para um mês de ausência. Gordo, de cara amarela, de roupa amarrotada, sumia-se na estrada.

E o noivo voltando para outras visitas. A tia Naninha sentava-se no alpendre da frente e, a sós, os dois conversavam horas seguidas. Não tinha coragem de me aproximar dos namorados. Se passavam os horários, todos corriam para ver o trem de passageiros. O bicho de perninhas curtas chegava-se para perto da tia e ficava cada vez mais insignificante. A minha tia me chamava para passar a mão na cabeça e me botava no seu colo. O coió não dava uma palavra. Uma vez saiu-se com uma pergunta que me deixou aterrado:

— Quando vai ele para o colégio?

A tia Naninha não gostou e foi dizendo:

— Ainda está muito menino. Tem tempo.

Vi que o bicho não me queria na companhia da tia Naninha.

37

FINDA A TEMPORADA NO Maçangana, chegamos no Corredor com o engenho moendo. Em vista da safra grande, o meu avô se apressara na botada. O retorno aos campos nativos me dava outra vida. Chiavam os carros carregados de cana madura, as cajazeiras espalhavam frutas pelo chão, de cheiro tão forte que nos enchia a boca d'água. E os moleques me cercavam de agrado. Ainda corria água no rio. Tínhamos assim banhos no remanso dos poços. Mulheres de jereré subiam a correnteza à procura de traíra e os covos do engenho se enterravam nas proximidades dos lajedos atrás de pitus. Voltava aos pastos com fome em todos os sentidos. O sol esquentava-me a cabeça, e os pés descalços não temiam os espinhos. Os primeiros dias foram de alegria esfuziante. Eugênia estava proibida de andar comigo.

A tia Naninha mudara completamente de vida. Mas numa manhã chegou ao engenho um portador desconhecido. Procurou o homem o meu avô e a conversa não demorou muito. José Ludovina saiu às carreiras à procura de Henrique no Outeiro. E os grandes passaram a falar baixo. A tia Maria mandou matar galinha. Com pouco mais chegou Henrique e entrou na conversa baixa com meu avô. O que seria? Perguntei a tia Naninha e ela me mandou brincar. À boca da noite vimos chegando pela estrada um grupo de homens armados. Corri para chamar a tia Naninha e com pouco os grandes da casa já trocavam palavras com o chefe do grupo. Era Antônio Silvino que viera em visita ao engenho. As negras da cozinha estavam em festa. O capitão chegara com toda a sua força. Podíamos ver os cangaceiros sem que nos furassem os olhos ou arrancassem o fígado pelas costas. E nos enchiam a vista. Os punhais enormes atravessados, o rifle na mão direita, os chapelões quebrados na frente excediam a tudo o que eu imaginava. Estavam sentados na banca de fora, quase mudos. Na sala de visitas o chefe conversava com meu avô e Henrique. Vendo-me, chamou-me para perto dele e me acariciou os cabelos:

— É neto, meu padrinho?

Chamava o meu avô de padrinho. Nada apresentava do terrível homem que fazia a velha Janoca falar baixinho quando se referia a ele. Vi bem que era um homem como os outros. O seu rifle era pequeno e trazia nos dedos muitos anéis de ouro. E falava devagar:

— O desgraçado me atraiçoou e eu lhe dei um ensino. Tinha umas correntes de rede e eu peguei o cabra com raiva. Chegou a se mijar. – Depois contava: — Pode ficar certo, meu padrinho, que macaco não me pega como passarinho. Olhe que as folhas do mato me ensinam as coisas. É, de noite elas falam para mim. Ah, escuto as vozes das folhas do mato, elas me dizem tudo. Fico na madorna e vou escutando tudo.

Botaram a mesa para o jantar dos cangaceiros. Não tiravam os rifles das entrepernas e muitos comiam com a mão. O chefe, na cabeceira, não parava:

— Tenho gente boa para o serviço. Aquele é o Godé, é da família dos Godés de Cajazeiras, só tem medo de alma do outro mundo.

Meus verdes anos • 153

Os cabras não abriam os dentes para um sorriso.

— Os macacos me botaram cerco em Cachoeira de Cebola. Os bichos estavam tão perto que a gente sentia o bafo da boca dos miseráveis. Mas Deus me deu tino. Juntei a minha gente num magote e disse: "Vamos dar um tiro só e pular o cercado de pedra". Dito e feito. Aqui estou para contar a história.

Mais tarde falou de política:

— Este padre Mochila tá confiando em Jesuíno. Não quer outra vida. Mata-cachorro com Jesuíno só dá descanso. Tive notícia de que o coroné Trombone estava de combinação com os meus inimigos. Até disse ao sujeito que me fez a intriga: "Pois não acredito. Basta que o coroné seja genro do meu padrinho do Corredor."

O meu avô ainda mais desmanchou a malquerença:

— E disse muito bem: Trombone sabe o que faz.

Quando alta noite se foram, a casa-grande do Corredor respirou. A tia Maria tinha acendido velas no oratório e a velha Janoca, recolhida ao quarto, espirrava como se fosse de manhãzinha. Antônio Silvino viera como amigo. Meses antes atacara a vila do Pilar para se vingar de Quinca Napoleão. Não encontrando o comerciante, arrasou o estabelecimento, procurando desfeitear a sua mulher, dona Inês. Tudo o que era da casa de comércio foi dado ao povo. Barricas de níqueis espalhados no chão, miudezas, enxadas, peças de pano. Os soldados do destacamento ganharam o mundo. O delegado José Medeiros só não levou uma dúzia de bolos porque estava de cama, doente de febre.

Agora o Corredor era grande outra vez. A visita de Antônio Silvino foi um acontecimento na minha vida. Foi aí que eu compreendi ao certo que o meu avô não era o maior de todos os homens. Mais do que ele era a estrada de ferro, mais do que ele era o capitão Antônio Silvino. As negras acharam o bandido um homem de tratamento, homem branco, e contavam histórias extraordinárias sobre ele. Havia uma madrasta que surrava os enteados lá para as bandas do Ingá. Antônio Silvino pegou a mulher malvada e em pelo obrigou-a a dar umbigadas num pé de cardeiro. Achava a negra que ele tirava dos ricos para dar aos pobres. O homem brabo de coragem para enfrentar o mundo passava a ter para mim as feições do cangaceiro falante. Esqueci-me até do noivado da tia Naninha com a impressão de Antônio Silvino. Neco Paca soubera na Paraíba que o cangaceiro havia levado muito dinheiro do meu avô. A notícia da visita espalhou-se. Comandava os soldados um tal tenente Maurício, que criara fama de coragem contra os bandidos; não estava em casa meu avô e quem apareceu para falar com o oficial foi a velha Janoca. Nada sabia ela de Antônio Silvino. E o tenente a dizer que tivera conhecimento de que o cangaceiro andara no engenho. Aí foi chegando o meu avô. Saltou do cavalo e dirigiu a palavra ao chefe da força:

— Sim, de fato Antônio Silvino apareceu no engenho, e o que poderia eu fazer para evitar? O governo não nos dá garantia, seu tenente, e nós não dispomos de força para perseguir os cangaceiros.

Os soldados foram ficando pela calçada, enquanto o comandante falava com o meu avô. Pouco se demoraram e logo após saíram para as bandas da caatinga. No outro dia se soube de um tiroteio com dois cabras que haviam deixado o grupo de Antônio Silvino ali bem perto da estrada nova. Foram mortos os dois, Cocada e Pilão Deitado. O tenente Maurício não alisava as costas dos cangaceiros. A figura do oficial não me sairia da memória. Era um homem branco, de bigodes pretos, magro, de fala dura. E quando nos chegou a notícia de sua morte nuns lajedos de Campina Grande, senti de verdade a desgraça. Antônio Silvino liquidara o seu maior inimigo. Não havia forças para ele.

Aos poucos foram espaçando os boatos e o que me atormentava agora era a presença do noivo que chegava para as conversas com tia Naninha. Já estava tia Maria com o segundo filho. O menino porém adoecera de morte. Veio médico da Paraíba e ouvi bem Rui a dizer:

— A ficar doente da cabeça, é melhor que morra.

Saí correndo e a tia Maria chorava. Já haviam encomendado o caixão. O menino no outro dia começou a melhorar, passou-lhe a febre e aos poucos a casa-grande do Corredor ficou livre da ameaça da morte. O noivo voltaria no outro sábado para ver que Lola não morrera como era de sua vontade. Quis até contar a tia Maria mas tive medo de falar-lhe da morte.

38

O ENXOVAL DA TIA Naninha não seria comprado no Recife. O tio Lourenço não ficava na cidade, nas férias da Relação. E foi marcada a viagem à Paraíba. Não agradou a tia Naninha a mudança. Maria tinha comprado o enxoval no Recife e deviam fazer o mesmo com ela. Esta viagem à Paraíba resistiu em minha memória. Ficamos hospedados na casa do primo Chico Bio e, através deste, se fazia tudo. Saí com a tia Naninha para o comércio e foi por este tempo que eu vi o primeiro automóvel, aliás um carro de carga da Casa Vergara. Vi a máquina subir a ladeira, botando fumaça pelas traseiras, fazendo um barulho dos diabos.

Todo o mundo corria para ver passar o automóvel do Chico Vergara. A Paraíba era uma cidade de bondes de burro e de carroças. Na rua das Trincheiras, onde estávamos, o mato crescia como numa capoeira. Estávamos na porta da Rainha da Moda quando vi Henrique. Corri para ele e lhe pedi uma espingarda que vira numa loja de ferragens. Henrique não me deu a menor atenção.

À noite o noivo, em companhia de outros homens, foi ao teatro onde se levava uma peça livre chamada *A lagartixa*. A tia Naninha não gostou e fechou a cara. Fiquei satisfeito com aquele arrufo, e fomos aproveitar para visitar as primas, filhas de Doninha, que moravam no fim da rua. A prima Altinha só me faltou botar no céu com elogios:

— A quem puxou este menino tão bonito? Não tem nada de parecido com a mãe. É a cara do pai.

Alta noite chegaram os homens que foram ao teatro e, no outro dia, de manhã, a tia Naninha amanheceu com mais cara de raiva.

Foram-se os dias da Paraíba. Preparava-se o engenho para o casamento. Montavam iluminação de carbureto na casa-grande, os canos de chumbo se enroscavam pelas paredes e um grande lustre de cristal pendia do madeirame da sala de visitas. O vento, quando soprava com mais força, sacudia os pingentes que cantavam como as campainhas do carro de seu Lula. Meu avô não era homem de nenhum luxo. Henrique trouxera do Outeiro uma máquina para engarrafar o vinho francês que chegava nos quintos. A tia Maria não mais voltaria a São Miguel e a tia Naninha iria morar no Pilar, na casa que fora do doutor Gouveia. Os mestres do engenho trabalhavam nos reparos e pinturas da melhor casa da vila. Não ficara satisfeita a velha Janoca. Naninha devia

Meus verdes anos • 157

ficar no Corredor. Mas não quisera o meu avô. Talvez que não gostasse que um filho de sinhô Marinho morasse na casa-grande que ele fizera. Por isso mandou que limpassem a velha residência do doutor Gouveia. Rui ocupava o lugar de coletor de rendas no Pilar, coisa arranjada pelo tio Trombone. O povo da vila não gostou daquilo. E depois, um genro do coronel Zé Lins não precisava de emprego.

Apertava-me o ódio ao noivo que não saía mais do engenho. Todas as tardes via-o chegar num burro baixeiro, amarrar o animal na casa de farinha e meter-se dentro de casa em conversinha com a velha Janoca. Só podia estar envenenando a velha Janoca contra a tia Maria. Sabia muito bem o meu avô das prevenções da mulher. Foi quando estourou a história da velha Sinhazinha. Chegara o demônio a mandar dizer à mulher de sinhô Marinho que o primeiro filho da tia Naninha seria de Zé Guedes. Nada disseram ao meu avô. Mas de tudo soube a velha Janoca. Nunca acontecera semelhante miséria na família. Os mexericos no engenho nunca desciam à honra das donzelas. Vi a tia Naninha chorando como uma desconsolada e Firmina dizendo:

— Para, menina, o que Sinhazinha diz não se escreve, aquilo é sopro do diabo.

Estava decidido que eu iria morar com a tia Naninha. Em breve estaria em tempo de colégio, e em companhia dela ficaria melhor guardado. Antes pensaram em me deixar outra vez com a tia Maria, mas esta se consumia com dois filhos pequenos e já se apresentava grávida outra vez. Não teria tempo para mais outro filho.

O colégio. Sempre me ameaçavam com esta palavra, e a minha imaginação o concebia como um enorme muro a separar os meninos do mundo. Quando fazia um malfeito qualquer, vinham logo: "Vai endireitar no colégio. Silvino de Mercês só endireitou no colégio." O colégio de Itabaiana. Vira os filhos de Zé Medeiros com farda branca de soldado. Eram do colégio da Paraíba. Por este tempo ganhara do velho Manuel Viana um carneiro que se chamava Jasmim. Deixavam que eu saísse de estrada afora em passeios na montaria que esquipava comigo pelas veredas. Subia e descia caminhos nas costas do meu branco carneiro mansinho. Comecei então a fazer passeios solitários. Os pensamentos me entravam de cabeça adentro e os fatos passavam a ter para mim uma posição mais segura. As minhas reclusões de asmático, os meus silêncios na captura dos pássaros, não se assemelhavam às passadas de minhas viagens em cima do meu carneiro Jasmim. Sentia-me quase que homem no manejo das rédeas, podendo parar onde bem quisesse. E via as coisas com outra visão. Pela primeira vez começava a olhar as borboletas, a ver as flores do campo, a sentir o cheiro da terra. Gostava de ouvir os pássaros nas manhãs, quando vinha chegando o dia e ainda ficava nos lençóis da cama de tia Naninha. Agora porém os meus olhos se apercebiam das coisas bonitas. Uma borboleta a voar, uma flor rubra de cardeiro, o cheiro das boninas me pareciam coisas novas.

Lá ia o carneiro de passo baixeiro por debaixo das cajazeiras. Tomava sempre pelo canto da estrada, com medo dos cargueiros. O capim verde roçava-me nas pernas enquanto fazia a minha viagem vespertina. Queria chegar em casa antes do sol se pôr, por causa do sereno. Os grandes do engenho tinham medo das friagens da boca da noite. Havia tempo bastante para ver o que bem quisesse. Todos apareciam para me receber. Os meninos se chegavam para o carneiro e acariciavam a lã azulada pelo anil do banho da tia Naninha. Alguns pediam para dar uma volta. Os grandes da casa me ofereciam batata-doce e queriam saber notícias da tia Maria. Maria Menina não lhes saía da cabeça. E todos me louvavam:

— Dedé está grande, parece um homenzinho.

Quando voltava para o engenho, já na sombra das cajazeiras, vinham me chegando os pensamentos. Imaginava-me só sem a tia Naninha. Iria embora, como a outra, para viver com aquele noivo que me repugnava. O que me aconteceria ali no engenho, sozinho, sem que tivesse uma pessoa para cuidar de mim? Foi numa destas viagens que me assaltou uma dúvida: Por que não gostavam de meu pai? Por que sempre que falavam de João do Rego era sem levá-lo a sério, como a Trombone e a Henrique? Sempre que eu fazia gesto, como de coçar as partes, vinham logo: "Não nega que é filho de João do Rego". E depois, tudo que parecia tolice, falta de juízo, comparavam com o gesto do meu avô paterno. José do Rego era uma medida de ridículo. Seria que a minha gente do outro lado não valia nada? Aquelas persistências se grudavam à minha cabeça para me diminuir. Diziam que o meu pai era um sovina, que mandava vender na feira de Itambé feijão em molhos como um camumbembe qualquer. Contavam-se histórias da miséria que era a casa-grande do engenho Camará, onde ele vivia. E diziam: "Nunca deu um alfinete ao filho". Eu não tinha capacidade para discernir aquelas críticas acerbas. O meu avô não falava nada. Mas as tias todas não levavam a sério o meu pai. Até debicavam de suas pretensões de viúvo quando manifestara ele a vontade de casar-se com tia Naninha.

Quando chegava da viagem, o carneirinho bufava de cansado e a minha tia me chamava para um canto para me ensinar as lições. Saía de um prazer e passava para um verdadeiro martírio.

A tia Maria voltara de barriga grande aos seus domínios. Já não tinha aquela sua frescura de antigamente. Os vestidos de chita escura davam-lhe gravidade de senhora, e os cuidados com os filhos pequenos tinham-na separado inteiramente de mim.

O que persistia dentro de casa era a parcialidade da velha Janoca a favor da filha que ia casar. Sei que ela não se conformava em casar a filha sem o aparato das festas da tia Maria. O meu avô continuava sem tomar conhecimento das peiticas da mulher. A sua tática consistia em calar. E as bodas se preparavam. A casa começava a ser pintada de novo. Os mestres trepavam em escadas e o cheiro da tinta tomava conta de tudo. À noite enchiam bacias d'água para que aquele cheiro não fizesse mal.

A tia Naninha emagrecia mais ainda. O noivo aparecia para falar das providências que tomava no preparo da casa do Pilar. Falava baixo e sempre com um sorriso que era mais dos olhos do que dos lábios. Um sorriso miúdo como ele.

Certa vez Trombone chegou em companhia de sinhô Marinho para visitar o meu avô. Afinal de contas sinhô era um parente como os outros. Assim dizia a velha Janoca. Cazuza não gostava dele por pirraça. E depois sinhô nem se dava com Quinca do Engenho Novo. Lembro-me muito bem da cara do futuro sogro. Era um homem bem baixo, de olhar matreiro e cabelo de barba dura, sem no entanto ter o ar de homem acostumado a mandar. Filho de mulher pobre, se fizera pelas suas próprias mãos. Montara casa de negócio no São Miguel e criara fama de sabido. O velho Joca do Maravalha botara-lhe o apelido de Gogó de Sola.

Mas vivia com dignidade, embora usasse todos os jeitos para agradar os grandes da família. O meu avô não o via como um senhor de engenho. E era tudo. Agora as coisas seriam outras. Sinhô passaria a mais próximo da família. Henrique o tinha na conta de homem de loja, de comerciante de côvado na mão enganando os matutos. Mas sinhô estava dentro do engenho do velho Zé Lins. Seu filho Rui terminaria senhor das terras do Corredor. Ele poderia fazer os seus palitos como Joaquim César e sorrir para a gente do Outeiro com a sua malícia de raposa. Gogó de Sola sabia o que estava fazendo. O parente pobre, o pobre filho de Naninha Trombone, acabaria dono do Maraú, o maior engenho da várzea. Para tanto casara-se em segundas núpcias com a filha do Simplício Caldas e, como não quisesse nada, foi devagarinho entrando na propriedade, até que um dia se aboletaria ali como senhor absoluto. Ao tempo do casamento ainda vendia pano e carne do ceará à sua freguesia do Pilar.

Foi por esse tempo que saímos para passar o carnaval na Paraíba.

39

Trombone andava com medo de Antônio Silvino em razão de intrigas de adversários. Antônio Silvino mandara lhe dizer que tinha um punhal para atravessar-lhe o coração. O chefe político, tão amigo do governo, teve que deixar o engenho e morar na vila do Espírito Santo. Viera recado para que a tia Naninha se preparasse para um passeio à capital. Recordo-me ainda do vestido de linho branco, cortado por Firmina, para a viagem de trem.

Na Paraíba ficaríamos na casa do negro Benevenuto, o compadre de Trombone. A dona da casa, dona Santa, nos recebeu como a príncipes. A vivenda do negro rico era vasta, com sótão, bem próxima da Assembleia. Só me lembro de Benevenuto numa cadeira de rodas, pois estava paralítico, e da enorme mesa de convivas. O negro recebia como um grande. Trombone ali era o "compadre Cazuza" com todas as honrarias. O noivo também viera e fora se hospedar em casa de Chico Bio. Ouvi então uma conversa entre a tia Naninha e a dona Santa a meu respeito. Falavam de minha situação e a tia Naninha dizia que eu ficaria com ela até o tempo do colégio:

— Rui não quer, mas eu faço questão.

Sei que corri para o sótão e chorei, sentindo-me um traste, verdadeiramente um traste. Ninguém me queria. O meu avô era uma amizade distante como a de Deus. Fora-se a tia Maria, ficara a tia Naninha que me tomava sob a sua proteção contra a vontade do futuro marido. Encontraram-me na cama aos prantos e imaginaram que eu estivesse doente. Não tinha febre. E aos poucos fui me desviando dos pensamentos acabrunhadores.

O carnaval estava lá fora. Botaram cadeiras na calçada e podíamos ver o movimento da cidade em folia. Passavam mascarados e grupos cantando. Tudo aquilo me parecia de outro mundo. Era, de verdade, uma gente que nada tinha que ver com o povo do engenho. O negro Benevenuto, na sua cadeira de rodas, sorria para os engraçados que chegavam com momices, a falar fino, soltando disparates. O entrudo dominava. Os homens traziam bombas-d'água na cintura e as mulheres laranjinhas de todas as cores. Molhavam-se aos gritos. Tudo me parecia novidade. Depois passou Trombone

Meus verdes anos • 163

de carro com o governador. Deu-nos adeus de longe, todo cheio ao lado do poder. A tia Iaiá só fez dizer:

— É a vida que Cazuza quer, viver pegando no bico de chaleira de presidente.

Em torno de Benevenuto sentavam-se brancos que o tinham na conta de amigo. Havia um, com uma enorme mancha na metade do rosto, fazendo graça. Diziam que fora queimadura de um balão. Era um homem de trejeitos e trazia escondida uma caixa de couro que fingia descargas inconvenientes. No melhor da conversa, o tal espremia dentro do bolso o aparelho, provocando risada geral.

À noite apareceu o noivo de andar de paca para conversar com a tia Naninha. Foi aí que aconteceu um fato que me chocou ao extremo. Estavam os dois a sós no alpendre da casa, quase que no escuro. Todos estavam lá para dentro à espera da ceia. Benevenuto cercado de visitas. A tia Naninha ficara do lado de fora com o noivo. Conversavam aos cochichos, em arrulhos. Então não tive coragem de me aproximar. E vi o bicho se chegando à tia Naninha e, de rosto grudado nela, dar-lhe um beijo na boca. Esperei que a tia repelisse o gesto, mas qual não foi a minha surpresa quando a vi toda caída sobre o noivo, estremecendo-se como em vibração de medo e tomar-lhe a cabeça e voltar a beijá-lo sofregamente. Senti-me grudado ao chão, violentamente ferido não sei de quê. Quis gritar, arrancar a tia dos braços do noivo, e não sei o que fiz. Apenas ouvi a tia Iaiá dizendo bem alto:

— Noivo não se deixa na solta.

E houve risada de todo o mundo. Trombone dava notícias da política. Só tive vontade de fugir daquela casa e me perder no meio dos mascarados. Mas ao chegar à porta, ouvi a cantoria da gente que passava e tive medo do que ia pela rua. Passavam ursos e índios, no furor do entrudo de latas d'água e farinha do reino. Fugi para o quarto do sótão para chorar. A negra Luísa foi chamar tia Naninha para me ver, e quando a tia me tocou, as suas mãos me pareceram de arame farpado. Cortavam-me a pele e fugi dela como se fosse de um monstro que me quisesse esmagar.

— Menino genista – disse ela —; isso só a cocorotes.

E deixou-me, atendendo ao chamado para a ceia.

Ouvi as conversas, a voz de Trombone, as risadas de tia Iaiá. Depois tudo foi ficando de outro mundo. E adormeci, até que apareceram para me vestir o camisolão da noite. A tia Naninha chegou para ver se eu tinha febre. Fingi que tinha dor de cabeça. E mais tarde o calor do seu corpo me encheu de vida. A tia dormia ao meu lado e me acariciou os cabelos. Fui pegando no sono, ao embalo de um canto que não lhe saía da boca, mas que vinha de sua presença de ternura, de amor da mãe que me roubavam devagar.

No outro dia teríamos que tomar o trem de volta. A cidade quieta não dava sinal de cansaço. Já as carroças rodavam pelo calçamento e vendedores cantavam pelas portas. Na viagem, a tia Naninha veio no trem sentada ao lado do noivo. Iaiá brigava com o negro Sebastião que aparecera na hora do embarque todo amarrotado e sujo pelas brincadeiras da véspera. A máquina rompia pelos canaviais da Usina Central. A chaminé vermelha furava arrogantemente o céu lavado. Trombone na conversa com o condutor Belmiro que se lastimava do inverno ruim, do ano seco. Apareceram outros passageiros com notícia de chuvas no sertão. E o condutor quis saber notícias de meu pai.

— Este povo que vive no Itambé é como se tivesse morrido. Terra por onde não passa a estrada de ferro é terra morta. O mesmo aconteceu com o Mamanguape. Seu João do Rego quando estava no Itapuá era homem de futuro. Meteu-se no Itambé, e é como se tivesse ido para o Amazonas.

40

POR ESTE TEMPO HENRIQUE conseguiu fazer as pazes entre Trombone e Antônio Silvino. Tudo se processou no Outeiro. E lá um dia apareceu o chefe no Corredor com o grupo.

— Vim em viagem de amigo.

Ouvi bem a conversa dele com o meu avô. Estava que o coronel Cazuza Trombone não era seu inimigo. É verdade que tinha sabido umas histórias de perseguição por parte dele, pedindo forças ao governo. Soubera que tudo não passara de mentira. Agora estavam amigos outra vez. E até qualquer dia desses daria um pulo no Maçangana. Havia o meu avô comprado na Índia um casal de bois. Saíram para ver na manjedoura os animais. Chamava-se o touro Maomé e a vaca Magnólia. Antônio Silvino demorou-se na admiração dos zebus, os primeiros que haviam aparecido no norte do Brasil. E pediu uma cria ao meu avô. Ele tinha muito gado no Engenho Novo com João Vaqueiro. Se o meu avô não fizesse questão, logo que a vaca desse barriga ele queria um bezerro para tirar raça. Maomé tinha argola nas ventas, mas se adaptara muito bem ao tratamento a ponto de ficar mais manso do que um boi de terra. Antônio Silvino alisava-lhe as ancas, passava as mãos pela sua cabeça, apalpava-lhe o toutiço.

— É boi e tanto, meu padrinho! – E pôs-se a falar do gado que ele tinha no sertão. Tinha para mais de mil cabeças espalhadas em fazendas de amigos. Após o almoço chamou um dos seus cabras para fazer o seu jogo de bicho. Botou duzentos mil-réis no touro e se riu:

— Vamos ver se o boi do meu padrinho me dá sorte. A banca de Zé Medeiros vai gemer hoje. – E pediu portador para a vila. — Diga ao Zé Medeiros que é palpite de Antônio Silvino. A bolada ele sabe para onde manda. Hoje tem que dar touro, meu padrinho.

A conversa foi até a boca da noite.

Saíram de estrada afora. A velha Janoca estava mais morta do que viva. Tinha ela verdadeiro pavor de Antônio Silvino. E quando chegou na cozinha e encontrou as negras gabando o capitão, enfureceu-se, dando gritos em Generosa.

— Ora, sinhá Janoca, a senhora devia é gritar com o homem, a gente não tem culpa não.

Ouvi o meu avô dizendo para o Henrique:

— Trombone agora pode dormir descansado, a coisa como estava não podia continuar. O melhor negócio com Antônio Silvino é viver bem com ele.

A casa-grande respirava tranquila. Mas para mim a figura do capitão caíra muito. Vira-o alisando o lubim de Maomé, pedindo garrote ao meu avô. Não seria em absoluto aquele das negras e falava bambo e errado como qualquer camumbembe. A cara larga, os anéis nos dedos e aquele sorriso sem gosto me deram uma impressão de vulgaridade. Muito mais me entusiasmara Cobra Verde, o cangaceiro--menino. Era, bem me lembro, uma criança, todo encolhido, sem a arrogância dos outros. Não usava grande chapéu de palha e parecia perdido no meio dos companheiros. Antônio Silvino o gabava muito.

— Aquele menino tem gênio de cascavel. É bom na pontaria, capaz de ver na escuridão como gato.

Cobra Verde encolhido no seu canto era como se fosse uma jararaca escondida numa beira de caminho. O bote armado para matar. Os olhos fuzilantes para ver, todo pronto para o tiro certeiro. Diziam as negras que ele estava no cangaço para vingar o pai e a mãe que uma volante matara no sertão. Não falava com os demais, trazia o rifle na perna como brinquedo de um menino triste. Mas o que me atraía na figura sinistra era que ele muito bem podia estar conosco na bagaceira a brincar, longe ainda dos trabalhos do engenho. Um menino que matava com a fúria de um raio. Lá no fim da mesa ficava de cabeça pendida para o lado, sem abrir a boca, sério, indiferente a tudo que o cercava. Anos depois os jornais falaram de Cobra Verde. A força da Paraíba do capitão Augusto Lima o fuzilara numa simulação de fuga.

À noite, à luz da lâmpada de álcool, o meu avô na hora da ceia falou para a mesa:

— Trombone não sabe de nada, mas quem fez a intriga dele com Antônio Silvino foi Gentil. Um filho de Joca metido nessa miséria. O tio Manuel César na guerra de 1848 convenceu o governo da província que um seu irmão estava acoitando gente de Ivo Borges. E quase pegaram o pobre para a forca. Este filho do Joca tem o sangue de Manuel César. Antônio Silvino podia ter desgraçado Trombone. Agora, graças a Deus, tudo vai bem. Tive que procurar Anísio Borges e tomar providências. Antônio Silvino queria muito dinheiro. Bastou porém a palavra de Anísio para ele mudar de opinião.

A tia Naninha mais tarde foi ao quarto com Firmina e as negras rezar aos pés de Nossa Senhora da Conceição. Era preciso dar graças a Nossa Senhora pela sorte de não ter havido uma desgraça. Podia muito bem ter aparecido na hora da visita de Antônio Silvino uma força da polícia. Uma vez, no Engenho Novo, estava o capitão muito de seu em conversa com o doutor Quinca, quando chegou um morador com a notícia que uma tropa estava atravessando o rio no Outeiro. Antônio Silvino com os cabras esconderam-se na casa de purgar até que o tenente retirou-se para a caatinga.

No outro dia, de manhã, chegou Salvador com a notícia que a banca de Zé Medeiros tinha pago um dinheirão a um espia de Antônio Silvino. Dera touro e o capitão havia carregado no bicho. Falava-se também de um tiroteio no serrote de Mogeiro. O coronel Nô Borges não admitia soldados na sua propriedade e tinha acontecido o diabo com um tenente novato que não conhecia os grandes da várzea. A visita do capitão ao Corredor ficou no conhecimento do povo da vila. Os jornais da Paraíba deram notícia afirmando que os amigos do governo recebiam Antônio Silvino com festas.

Nesta época vieram passar as férias no engenho os filhos da tia Mercês. Mais velhos do que eu, voltaram do colégio soltos e insubordinados. Silvino e José não ligavam aos grandes. Protegidos pela velha Janoca, faziam tudo o que desejavam sem medo de castigos e reprimendas. O meu avô não olhava para as traquinadas dos netos. Nunca levantou a mão para nos exemplar. Apenas gritava, ameaçando. Passada a fúria do momento, esquecia-se dos nossos malfeitos. Os filhos da tia Mercês botavam as mangas de fora. Até brigas arranjaram com um sobrinho do padre Severino numa festa de igreja do Pilar. Acompanhados de dois moleques taludos, pegaram o outro e lhe baixaram o pau. No outro dia de tarde chegou um moleque dizendo que o sobrinho do padre estava armado de espingarda na beira do rio, com intuito de atirar no primo Silvino. O meu avô correu ao lugar para pegar o atrevido. Não o encontrou porque Zé Guedes tinha dado conta do serviço. O negro pegara o rapaz e lhe metera o cabo da macaca na cabeça. Correra até sangue. Aí o meu avô exasperou-se. Não podia Zé Guedes ter feito aquilo. Brigas de menino não eram para violências dessa ordem. A velha Janoca achou o contrário. O atrevido devia ter apanhado mais ainda. Afinal de contas nada acontecera, nem mesmo padre Severino tomara conhecimento do fato. No outro dia passou pela estrada, acompanhado pelo sacristão, e tirou o chapéu respeitosamente para o velho.

— Lá vai aquele pai-d'égua – disse Papa-Rabo. — Está amancebado com a Neca no São Miguel. Bicho safado, nem respeita uma viúva.

O meu avô não dizia nada. Bem sabia que Vitorino tinha razão. O padre, de fato, gostava de mulher. Nas festas dos engenhos tocava flauta, e havia quem contasse que num baile em Serrinha dançara quadrilha. A briga do sobrinho não o preocupou, tanto assim que dois dias depois mandara pedir esmola para a festa da Conceição. Os amores do padre Severino com a nossa prima era assunto dos homens. Falavam de uma cama que gemia mais do que a serafina da igreja. Padre Floriano também se pegara com a mulher do sacristão, chamada Florentina, e saía da cama do coito para o altar. Todo o mundo respeitava o padre Floriano, que era homem digno, assim como outro padre, o doutor Amorim do Itambé, com família constituída de cama e mesa, grande orador nos sermões da semana santa e deputado da província, onde criara fama de talento. Este vivia com a mulher e os filhos, sem espécie alguma de simulação. Os bispos o admiravam e nem dom Vital tivera coragem de bulir com o padre doutor. Conheci-o no engenho Gameleira do meu tio, onde ele aparecia com a sua figura nobre, de olhos vivos,

170 • José Lins do Rego

com feições de homem belo. O padre Severino escondia as maroteiras. O meu avô não era de igreja, embora desse muita importância aos vigários. O antigo padre-mestre Marinho Falcão, seu tio-avô, viera do Pasmado de Goiana com todos os irmãos e, no meado do século XVIII, fundara a família dos taipuzeiros que era a nossa. Na revolução de 1817 muito sofrera este padre. Vigário não esquentava cadeira no Corredor. Não acontecia o mesmo no Maravalha, aonde os padres de São Miguel e Pilar gostavam de ir. As filhas do tio Henrique davam muita importância aos padres. A minha avó não era de igreja, mas as suas primas faziam muita festa às batinas. Eram elas moças muito bonitas e encheram a várzea do Paraíba da graça de moças pobres e belas.

Nana Lopes se casara com um bacharel que logo depois do casamento fugira de casa para morar no Amazonas. Nana tinha os olhos cintilantes, uma voz mansa e doce. A fuga do marido a deixara sozinha e aí, ela que era uma maravilha de formosura, portou-se com a maior dignidade. Deram-lhe o emprego de agente dos Correios em São Miguel. Cortou os cabelos como homem e passou a viver com os seus romances. Tinha cadernos de poemas copiados a mão e o serviço dos Correios passou a ser o seu grande divertimento. Nana lia todas as cartas que chegavam para distribuição. Aberta a mala, corria ao seu quarto para a leitura. Por isto a correspondência dos engenhos nunca se dirigia a São Miguel. Nana guardava a correspondência e, quando aparecia gente à procura de carta, para melhor identificá-la, dizia para a negrinha que ela criava: "Marta, é aquela carta que fala disto ou daquilo". Uma vez fora denunciada à administração-geral, mas não pegou a denúncia. Nana não se perturbou com o inquérito e tudo se passou somente para constar. Já velha, apareceu-lhe de volta do Amazonas o seu marido, o doutor Lopes, que viera morrer na Paraíba.

As histórias do padre Severino davam motivo às críticas do doutor Samuel, o juiz. E quando o padre Severino se mudou da paróquia, achou de queimar no quintal a correspondência. Fizera uma tulha para liquidar as suas cartas perigosas. Um pé de vento no entanto arrastou para longe, para o meio da rua, os papéis do padre. E algumas de suas cartas foram achadas depois. Henrique possuía uma delas, que foi lida nos engenhos. O padre recebera uma carta de amor de nossa prima, onde se falava de um colchão novo para amansar. O meu avô não tomava conhecimento desses mexericos. O fato porém envolvia gente de nossa família. Por isto a velha Janoca dizia sempre que padre que prestava só conhecera o cônego Frederico, de Mamanguape. As minhas tias nunca fizeram primeira comunhão. Nunca a tia Maria entrou num confessionário. Nada de conversas com padre. A referência aos amores do padre Severino com a nossa prima exasperara a maledicência do doutor Samuel. Vitorino Papa-Rabo só admitia um padre bom, que era o vigário Júlio, de Itambé. Este, sim, que era verdadeiramente um santo. Os outros não passavam de pais-d'égua. O bispo da Paraíba era severamente criticado por Vitorino. Vendera o patrimônio das igrejas, só faltava vender os santos do altar. Para Vitorino, padre quando não era raparigueiro era ladrão. Quando Vitorino abria a boca no Maravalha para atacar os padres a tia Nenê dizia-lhe o diabo, mas o tio Joca sorria. Para mim, aquelas irreverências a padres me fizeram desacreditar em muita coisa. O padre Severino concorreu em muito para secar-me a alma de fé. Só mais tarde me chegaram os momentos de crença.

Se chegavam os frades para as santas missões, o povo corria para o regaço de Deus. Os franciscanos, ou os padres da Penha, apareciam nas cidades do interior e arrebatavam dos vigários as rédeas do governo espiritual. As missões aterravam o povo que se agregava para ouvir os pregadores, como se corresse para uma briga. O Deus dos frades gritava, enfurecia-se, maltratava os matutos que tremiam de medo. A gente da sala do Corredor não dava importância às missões. Só as negras da cozinha tomavam conhecimento dos pregadores. E havia até pecadoras, como a negra Marta, que voltou tão aterrada do Pilar a ponto de passar dois dias sem comer. Precisou o meu avô dar-lhe uns gritos. E ela aos soluços:

— Bubu, o frade disse que a gente vai para o inferno.

41

DEPOIS DA MORTE DO doutor Quinca do Engenho Novo, o meu avô deu definitivamente o Itapuá à tia Maria. Lá estava Antônio Patrício, casado com a filha natural de Bubu. O homem não gostou da solução. Dava-lhe o meu avô outro engenho para administrar: o Melancia. Não aceitou e foi até grosseiro:

— Não sou mais homem de bagaceira. – E foi morar no Pilar.

Itapuá era uma das grandes propriedades da várzea. Viera do pai de André Vidal de Negreiros, e no tempo da Abolição pertencera ao major Ursulino, o terror dos negros, homem de Goiana, com carro de luxo e chicote de ponta fina para o lombo dos escravos. Agora Itapuá passava-se para Henrique, de porteira fechada e safra nos andaimes.

Meus verdes anos • 173

Aquilo não agradou à tia Naninha e nem ao noivo. A velha Janoca também não gostou da partilha. Naninha não podia morar no Pilar. Filha dela não podia estar metida com gente de rua. Tudo porém se processava para que com mais tempo ela viesse para o Corredor.

O casamento realizou-se com todas as grandezas da casa, com tudo pintado de novo, com cozinheiro do Recife, com discurso do promotor Antônio Sá. Foi a primeira vez que eu ouvi um discurso. O promotor abriu a boca num elogio ao meu avô, que recebia as palavras de cabeça baixa, como se elas pesassem sobre ele. O doutor Sá, baixinho e gordo, trazia um enorme anel no dedo indicador. Houve dança com o professor José Vicente marcando quadrilha em francês. Parentes de todas as partes e até um retratista do Recife para tirar grupos: toda a família na calçada dos fundos da casa com os velhos na frente. Fiz uma força enorme para ficar ao lado da tia Naninha, mas me botaram para trás, em cima de um caixão. Toda aquela agitação me desviava do fato principal: o casamento. Iria também para o Pilar, em companhia dos noivos.

Falha-me a memória para registrar a nossa chegada ao Pilar. Só se esclarecem os dias da mudança. A casa estava mobiliada com cadeiras de pano bordado nas encostas. O quintal ia até a beira do rio. Vi-me noutro ambiente. A tia Naninha fez o que era possível para que o marido me aceitasse, e não conseguiu vencer as antipatias do esposo. Então começaram os dias de mais desespero de minha vida. Até aquele momento fora um menino aceito por todos. Agora via uma criatura que não me tolerava, que me odiava mesmo. A casa ficava bem próxima da cadeia. Por debaixo do edifício da Câmara fizeram as prisões para os sentenciados. A princípio não me impressionou a vizinhança. Fui sentindo depois a desgraça daqueles homens. O velho Antônio Teixeira, soldado do destacamento, andava de pés no chão, com enorme facão de metal amarelo a arrastar pelas pernas. Então dei para parar na calçada alta da cadeia, e não durou muito para me acamaradar com um dos presos. Era um homem inchado, de olhar triste, a sofrer há mais de dez anos na cadeia, sem nunca ter ido a júri. Contava-me ele:

— Menino, eu nada fiz. Foi aquele desgraçado do Aprígio que me chamou para ir ao "vapor" do seu Anísio, me dizendo: "Tu fica lá na porta para vigiar se vem gente". E aconteceu que o infeliz estava no roubo do algodão e matou o dono do "vapor": Pois até hoje estou aqui sem culpa de nada.

Tocou-me a história do pobre. E todos os dias eu levava comida para o preso.

— Menino, tu não é neto do coroné? Fala com ele pra me livrar.

Os olhos grandes e tristes espiavam o mundo com ansiedade. Os outros presos ficavam nas grades. Havia um que tinha uma gaiola com um canário que cantava de trinados.

— Aquele é Severino Pinheiro. Matou na feira de Gurinhém por causa de um vintém de cachaça.

Severino me chamou para perto:

— Não vá atrás da conversa de Antônio Teixeira. Não matei ninguém, eu sou inocente.

Pela manhã, com os primeiros raios de sol, saíram dois presos amarrados nos pés com as tinas de excremento na cabeça. Dois soldados, com carabinas, atrás dos homens para que não fugissem. Como se eles pudessem arrastar aquelas pernas perras. Tiniam as correntes e às vezes eles gemiam com o peso.

Saía de casa para a loja de sinhô Marinho. Lá estava ele junto ao balcão, sentado na cadeira de palhinha. De barba grande por fazer, conversava aos gemidos com os maiorais da vila. Se deixava o estabelecimento era para ficar por debaixo do tamarineiro grande, onde apareciam Antônio Bento, de fala rouca de tísico, e Chico Barbeiro, o atrevido espoleta de Quinca Napoleão. A palestra girava sempre sobre negócios, e sinhô Marinho não parava de se lastimar. Uma vez, como se lhe perguntassem se eu não ia para o colégio, saiu-se com esta:

— Para quê? Esta história de muito saber não adianta.

Nos dias de feira eu ia para dentro da loja, e até vendia aos matutos. Um dia um tipo me pediu uma quarta de cachaça e, tendo trocado de torneira, enchi o copo de querosene. O matuto bufou de raiva, dando gritos, a cuspir a casa inteira. Vendia-se muito genebra olho-de-gato a tostão o copinho. Depois o marido da tia Naninha botou o "vapor" para descaroçar algodão. Os matutos traziam sacos de matéria-prima para a balança. Havia um sujeito de Crumataú que molhava algodão, procurando melhor peso. Outros metiam pedras no saco.

Ficava nas manhãs de domingo na espera de cargueiros. Alguns não paravam e iam para o "vapor" de João José. O marido ficava sentado em frente de uma mesa, fazendo as contas. O paiol de algodão desprendia um cheiro de coisa abafada, e, quando trepávamos nas tulhas, vinha-nos uma coceira de sarna pelo corpo.

A tia Naninha criava uma menina chamada Virgínia. Devia ser uma subnormal porque não parecia pessoa como as outras. Desde a manhã com a vassoura na mão, começava a receber as bárbaras lições da tia Naninha. A menina Virgínia não temia as pancadas. Ficava indiferente aos gritos da minha tia e, quando as lapadas do espanador cobriam-lhe o corpo, só fazia chorar fino, mas chorar como animal, passiva, sem uma chama de revolta. Os gritos da tia Naninha escutavam-se do outro lado da rua, enchendo a vila de violência. E tanto batia na pobre Virgínia que eu ouvi o marido dizendo-lhe:

— Naninha, vieram me falar. É que o juiz quer tomar providências sobre esta órfã Virgínia.

Lembro-me da cara de fúria da minha tia. Todas as vontades de senhora de escravo lhe estouraram na voz:

— Este doutor Samuel não tem vergonha. Vou mandar dizer a papai.

Mais tarde vi a tia Naninha de olhos vermelhos de chorar. Virgínia parecia uma preguiça. Ela tinha os olhos rasos, a cara redonda, os gestos lentos, a voz mais um gemido do que voz. Quando parava o serviço, ficava sentada nos degraus do fundo da casa. Sempre em cismas, sempre calada, indiferente ao mundo que a cercava.

O marido quis tomar uma resolução para evitar aqueles murmúrios da vila. Mas não foi possível. Virgínia não tinha pai e nem mãe. Era sozinha. Tinha mesmo que aguentar os castigos.

42

Defronte de nossa casa morava Zefinha de Liberato. Em tempo de moça fora de um circo de cavalinhos. Era moça que montava quase nua a cavalo. Atraíra Liberato, homem de ótima família, que terminou casando com ela. Era uma mulher bela. A ela devo a primeira sensação de me extasiar diante de um corpo que vibrava no andar como de corça no mato. Zefinha quis amizade com tia Naninha mas foi repelida. Tinha os cabelos pretos, os olhos vibrantes, a voz que cantava. À tarde punha cadeiras na calçada e se vestia para passeio. Cruzava as pernas e havia sempre visitas para conversa. A tia a chamava de tipa e se punha a falar com Firmina que viera do engenho:

— Não sei como Maria dá atenção a essa tipa. É uma rapariga de boca de rua.

De fato, Zefinha não ligava ao povo do Pilar, fazendo o que bem queria, com jeito de moça da capital. Tocava violão e cantava nas serenatas. Falavam dela dando-lhe amantes. Havia um caixeiro-viajante da Casa Vergara apontado como seu preferido. Pouco porém se importava ela com a língua do povo da vila. Tinha a sua vida e os outros que se danassem. Gostava de vê-la na janela. Aquele seu sorriso de dentes brancos, aquela alegria, as risadas altas, me davam a sensação de encontro com o estranho, com o que nunca vira. Não eram mais as meninas, aqueles botões que me roçavam o sexo com os primeiros albores do instinto. Zefinha enchia-me os olhos, invadia-me o corpo inteiro. Os presos a viam de suas grades e até falavam daquela aparição com palavras que chocavam. "Dava cinco", dizia um. "Morria em cima dela", dizia outro. Somente o pobre Ferreira não falava. Para ele só havia a sua terra, Figueiras, a sua inocência, os dez anos sem júri.

Mas as minhas noites eram terríveis. Talvez os maiores momentos de toda a minha vida. Dormia no corredor, numa rede, bem perto do quarto da tia. E o que eu ouvia, o que eu sabia, era que uma verdade crua me atormentava a tal ponto que chorava. Ouvia todos os passos da besta do marido com a minha tia estendida na cama. Havia gemidos, havia o respirar ofegante, os rumores do leito que quase se quebrava. Então eu fingia uma dor e me punha a gemer. Vinha a tia para me agradar. Levantava-se para fazer chá de laranja, enquanto o marido roncava como um porco baé. Isto se repetia todas as noites, até que me mandaram para o quarto, onde Firmina dormia. De manhã não tinha coragem para olhar minha tia. Eu sabia de tudo. Saía a andar pela vila. Havia um funileiro chamado Floripes. Gostava de vê-lo no trabalho, batendo nos flandres, usando a solda. Era um velho que fora de Goiana e ali estava sempre a falar mal do Pilar. Terra era Goiana, cidade era Goiana, povo era o de Goiana. E batia nas suas latas e metia as suas colheres de soldar na fabricação de bacias, de funis e de outros vasilhames.

Uma vez o marido passou pela porta do funileiro e me olhou com raiva. E quando chegou na hora do jantar começou a me atormentar:

— Esse menino vive de casa em casa, a se meter com estranhos. – E carregava nas acusações.

A tia Naninha brigava comigo. Não se conformava com aqueles enredos, e o marido, na hora da comida, sempre com as mesmas acusações infernais. Estava mexendo com as coisas da loja do pai, estava me metendo com a conversa dos grandes, estava na porta da cadeia ouvindo histórias dos presos.

Procurei então a casa do seu Fausto para fugir daqueles momentos desagradáveis. Lá as moças me enchiam de agrado. Havia para mim a ternura dos que sabiam o que eu era de verdade. Uma vez mandaram dizer a tia Naninha que eu ficava para jantar. E ela não permitiu. E foi áspera

Meus verdes anos • 179

quando eu cheguei. Só imaginar a cara do marido chegando na mesa com as suas histórias fazia-me infeliz. Caí no pranto com a reprimenda da tia. E ela, que nunca me batia a sério, veio furiosa em cima de mim, de chinela, como se eu fosse Virgínia. Deixou-me o corpo marcado. No outro dia amanheci com as marcas azuladas no braço. Olhei para aquilo como para feridas profundas. Reparei nos presos da cadeia e me senti como Ferreira, um desgraçado, sem mãe legítima, sem pai amado, sem carinho de ninguém. Era uma Virgínia, um órfão espancado. Veio-me uma revolta violenta. Quis fugir para o engenho e, lá chegando, dizer tudo ao meu avô, dizer-lhe que um filho de sinhô Marinho acabava com a vida de seu neto. Olhava agora da minha janela os presos com as pernas estendidas para fora das grades. Tomavam sol nos membros inchados. Assim como eles seria eu, sem vivalma que me acariciasse. Fora-se a tia Maria, fora-se a tia Naninha dos tempos de engenho. Saindo do Pilar, iria na certa para o colégio.

Foi por este tempo que apareceu uma criatura humana que me encheu de conforto naqueles dias de tristeza. Chegara para me dar interesse mais ligado às coisas. Chamava-se José Joaquim e era um negro de uns 14 anos, tomado para empregado da casa. Logo que chegou foi me dizendo que muito gostava de passarinho. Trazia uma gaiola como seu único traste. Estava esmolambado e com os pés cheios de bicho. A tia Naninha deu-lhe uma roupa velha do marido e mandou catar-lhe os pés cambadas. Botaram creolina nas feridas abertas dos dedos inchados. Cortaram-lhe os cabelos e José Joaquim com pouco mais era outra criatura. Tomava conta da vaca de leite e do cavalo da estrebaria. E mais do que tudo, começou a me falar do mundo. Viera do

Ingá, saindo de casa porque quiseram que ele fosse para a fazenda de um tal Amaral, no serviço de apanha de algodão. Ganhou o mundo e tinha fé que chegaria na cidade e de lá tomaria rumo novo na vida. Mas José Joaquim sabia de mais coisas, sabia de histórias de Trancoso e começou a sacudir a minha imaginação com fatos que não eram do meu conhecimento:

— Ah, menino, tu não sabe o que é a fome nascer. Tu não sabe o que é povo sem água, as mães sem leite, as cabras correndo por cima das pedras atrás de um verde de cardeiro. A gente não tem nem força para chorar.

E me falou de passarinhos:

— Eu vi aquele velhinho lá da ponta da rua carregado de gaiola. Ele está de posse de um curió que é uma peça fina. Inté lhe falei do meu canário e ele me disse que passarinho bom dá é no engenho chamado Corredor. Tem lá um sítio cheio de fruteira onde aparecem nuvens de canários atrás de beliscar. Me chamou para ir a pé com ele para a cidade. O velhinho conhece de pássaros.

Falei para José Joaquim do engenho que era do meu avô e de Chico Pechincha. Já tinha ficado horas seguidas no sítio à espera dos pássaros que lhe caíam nos alçapões.

— Ah, menino, se eu tivesse recursos não queria outra vida. Eu saía por este mundo à procura de canários, de curiós e de concriz.

A sua gaiola estava pendurada na parede da cozinha e o canário, a princípio tão calado, começou a cantar com trinados de mestre. Todo o mundo gabava o passarinho do José Joaquim. Até um soldado do destacamento procurou botar preço.

— Não é pra venda, seu praça, tenho estima por ele.

O negro Zé Ludovina, que aparecia sempre para visitar tia Naninha, gabou a qualidade do canário.

— Melhor do que este só um que seu Gilberto apanhou em Mamanguape. Aquele era canário de tanto trinado que se ouvia da casa-grande à beira do rio.

José Joaquim começou a merecer a confiança dos grandes. Uma tarde ele me disse:

— A dona Naninha termina arrancando o couro da pobre Virgínia; nunca vi apanhar tanto. A pobre chega a estar dormente.

E como ele tivesse arranjado um alçapão, começamos nas nossas tentativas na arte de Chico Pechincha. Foi aí que principiou a desconfiança do marido. Na mesa do jantar foi ele dizendo para tia Naninha:

— Esse menino anda muito pegado com o moleque José Joaquim. Ninguém sabe de onde veio esse negro.

A tia Naninha não respondeu nada mas fechou a cara. Sabia ela que o seu marido não me queria mais em casa. Aquelas prevenções, aquelas peiticas diárias não queriam dizer outra coisa. Uma vez eu ouvi Firmina em conversa com ela. Não sabia que eu estava por perto:

— Rui não gosta de Dedé. O melhor é mandar o menino para o colégio.

Lá fora, no silêncio do quintal, ouvi a cantoria de uma louca que fora recolhida à cadeia. Até hoje não me saiu da cabeça um pedaço da cantiga: "Que culpa tem minh'alma pelo corpo que pecou?" José Joaquim não estava ali. E foi me chegando uma tristeza pungente como nunca sentira. O canário amarelo pulava na gaiola, o sol da tarde espichava-se pelo chão, o canto da mulher não parava mais. Vi-me sozinho no mundo. Vi-me, como José Joaquim, abandonado de todos, sem um regaço para pousar a cabeça e sem quentura de amor, e sem casa que fosse minha porque era de minha mãe. Não tinha mãe e não tinha pai. Um pobre canário sem canto, sem valia, sem preço. Não era um canário para as gaiolas de Chico Pechincha. Fui andando com destino à beira do rio, do rio do Corredor, do rio Paraíba cheio, as águas barrentas. Estava agora seco, coberto de junco e de salsa. Tive medo de continuar. Lá embaixo os presos de correntes nos pés vinham com a tina na cabeça. Mas parei para sentir no rosto banhado de lágrimas o vento que soprava na tarde de mormaço. Muito de longe um jumento rinchava. Ouvi aí, numa moita de mato, uma conversa abafada. Arredei-me um pouco e vi que havia gente deitada. Quem seria? Afastei-me mais um pouco e me escondi atrás de um pé de baionetas. Eram vozes cortadas de beijos. Quem seria? Fiquei uns minutos numa sofreguidão desesperada. Depois eu vi o mestre Paizinho, da banda de música, erguer-se levantando as calças. E com pouco mais Zefinha a espreitar de um lado para outro. Não me viram. Passou ela quase que roçando por mim, tão perto que senti-lhe o cheiro, aquele perfume que nunca mais me saiu dos sentidos. Estava linda. E não me pareceu amedrontada, saindo de andar lépido na direção do caminho que levava para a rua da Palha. O mestre Paizinho se fora. E foi ficando comigo uma ânsia de amor, de um gozo que me incendiava as carnes. Sentei-me no chão, deitei-me na relva e me esqueci do mundo. Muito de longe vinha me alcançar a cantiga da louca: "Que culpa tem minh'alma pelo corpo que pecou?" Dirigi-me devagar para casa. E lá chegando, pus-me a olhar a casa de Zefinha. Não havia ninguém na calçada. Com pouco mais chegava ela com aquele seu andar de bulir com o corpo, toda risonha, feliz, cheia de todos os agrados do mestre.

Meus verdes anos • 183

43

MORAVA NO PILAR o velho Manuel Viana, antigo amigo do meu avô. Tinha ele um neto, Valdemar, o meu primeiro amigo fora da família. Valdemar sabia tudo mais do que eu e até tocava trompa na banda da vila. Quase que nem podia com o instrumento, mas quando saía para a rua com a banda, mostrava-se orgulhoso na farda branca de músico. O velho avô vendia selos e cobrava impostos. Era um homem baixinho, de fala fina, mas violento como ele só. Falava de todo o mundo, e quando me via, mandava a filha Mocinha me dar cocada de leite. E se deitava na rede e gemia como se estivesse com uma dor. Era a sua maneira de descansar: gemer, gemer até que o sono baixasse sobre o seu corpo mirrado. Tinha um filho formado, e foi com este que aconteceu o triste caso com a filha do seu Lula. Havia um mágico na casa da Câmara dando espetáculo. A sala estava cheia, quando se ouviu um grito. Era o velho Lula a chamar pela filha:

— Nenê, onde estás, Nenê? Nenê, onde estás, Nenê?

A moça tinha fugido com Luís Viana. Saiu o meu avô atrás dos dois. Já estavam na casa do juiz. E com a sua autoridade levou o meu avô a moça fugida para o Corredor e mandou recado ao amigo Lula:

— Diga ao Lula que Nenê está salva em minha casa.

No outro dia de manhã o velho Manuel Viana dizia para mim:

— O teu avô Zé Lins fez muito bem. Luís ia se casar numa família de doidos. Naquele Santa Fé até os animais são de bola virada.

Mas Luís Viana se sentiu desmoralizado. No mesmo dia abandonou a vila para nunca mais voltar. Foi para o sertão como promotor.

José Joaquim continuava conosco, porque muito gostava dele a tia Naninha. Era um negrinho manso que cuidava de suas obrigações. O marido se pusera a implicar com ele e garantia que José Joaquim devia ter feito uma boa no Ingá. Insinuava mesmo.

— Menino, este teu tio Rui é um homem ruim. Tô vendo que ele não me qué mais aqui. Eu não fiz nada. – A voz do negro parecia molhada de lágrimas. — Eu na vida só tenho este canário, é todo o meu possuído.

E foi saindo para cortar capim. O seu canário estalava. Os seus acordes misturavam-se com a cantoria dos outros pássaros, soltos por cima da goiabeira. Zé Joaquim ainda tinha um canário. O que tinha eu para amar?

Chegara para a casa de sinhô Marinho uma menina chamada Pérola. Tinha os cabelos negros e o rosto moreno como de cera. Viera do engenho Maraú, sobrinha da segunda mulher de sinhô. Enamorei-me de Pérola. Talvez fosse maior do que eu. Também era sozinha como eu e órfã. Pérola! Sei que ela encheu os dias que a tristeza devorava. Corria para a loja de sinhô e ela lá de cima do sobrado, com os cabelos soltos, me chamava. A velha casa de Quinca Napoleão perdera a sua grandeza. Lembrava-me do sobrado todo rodeado de venezianas envidraçadas a cores. O sol batia nos vidros e parecia que a casa estava pegando fogo. Agora tudo era mesquinho ali por dentro. Os móveis, a dona da casa de cigarro na boca, os meninos do segundo matrimônio e a mesa do jantar de toalha suja. Sinhô comia em pratos de ágata. Tudo aquilo para mim não parecia de gente da nossa classe. A vida na casa de sinhô era mesquinha como em casa de pobre, mas havia lá dentro a bela Pérola. De corpo esbelto, tinha os olhos verdes e me olhava com uma doçura sem igual. Pérola, como encheste a vida de tudo que me arrasaram as desgraças de menino sem alegria!

O marido, na hora de jantar, falou para a tia Naninha:

— Este menino não sai mais da loja. Vive lá no sobrado metido com Pérola. E este negro? Me disseram que é muito ordinário e que andava pedindo esmola como guia de cego em Itabaiana.

E olhava para mim com os olhos miúdos como duas verrumas. Baixava a cabeça e todo o meu corpo vibrava de um ódio mortal. Naquela noite eu vi a tia Naninha bastante aborrecida porque descobrira o marido a olhar para a casa de Zefinha. Não se conteve e gritou para ele:

— Em vez de estar tomando conta de José, você devia ter era mais vergonha e não andar de namoro com aquela tipa.

O bicho nem abriu a boca, apenas fechou a cara e saiu de casa. Pequenino, de passos miúdos, lá se foi ele pela calçada. A tia parecia atuada de raiva.

No outro dia amanheceu gritando com Virgínia, e, com pouco mais, a chinela cantava na carne da pobre.

— Limpa as cadeiras da sala, pamonha!

E como encontrasse poeira nos móveis, castigava a menina. O choro mofino tinha tudo do gemer das preguiças nos pés de imbaúba. Triste, baixinho, espremido, um soluçar de medo.

— Limpa as cadeiras da sala, pamonha!

E chegava na janela e olhava para a casa de Zefinha. Firmina viera para perto da irmã e quis lhe falar. Mas a tia Naninha não deixava.

— Só mandando dar uma surra naquela tipa. Só chicote naquela cara sem-vergonha.

Saí para o quintal e José Joaquim serrava capim:

— Dona Naninha está hoje nos azeites. É gênio demais.

Ouvíamos os gritos e logo depois da trovoada uma chuvinha de peneira, um chuvisco de nada. Era o choro de Virgínia.

— Coitada da menina, apanha mais que cavalo de matuto. No tempo de negro cativo era assim.

O canário não parava de cantar.

— Chico Pechincha me botou cinco mil-réis por ele. Não dou não.

Calou-se, e de cabeça baixa entregou-se ao trabalho. A cara de José Joaquim se concentrou numa seriedade como nunca vira.

— É esta vida de pobre, é este andar de porta em porta. A minha mãe morreu no Ingá, de bexiga. E o meu pai se acabou de sezão.

O cheiro do capim verde cortado enchia a estrebaria. O cavalo do marido comia do melhor. José Joaquim levava-o todos os dias para o poço do rio e cuidava de alisar-lhe o pelo escuro.

— É cavalo de muito baixo. No Ingá vi um pampa dos Amará que inté dançava como gente. É. Tenho mesmo que andá de porta em porta.

E saiu depois para apanhar capim no açude da serventia pública. E eu fiquei outra vez sozinho. Vinha chegando a noite. Olhei para os lados da cadeia e as grades estavam sem as cabeças dos presos. O sino tocava as ave-marias. Quis lembrar-me de outros momentos parecidos, das tardes do Corredor e de Maçangana, e nada me chegava à memória.

Só havia mesmo aquela tristeza do Pilar. Ao lado da cadeia passava o caminho do cemitério. Os defuntos, os defuntos! E corri para dentro de casa. Da janela da frente podia olhar a casa de Zefinha, a mulher bonita sentada na cadeira preguiçosa, e podia ver muito bem as suas pernas. A tia Naninha se recolhera ao quarto de Firmina que estava com enxaqueca. E eu fiquei a olhar para Zefinha. Como tudo nela era diferente de minha gente. Tinha os cabelos anelados. Firmina gemia. As dores de cabeça infernais separavam-na de tudo. Não ouvia, não via. Os seus gemidos só cessavam com os vômitos violentos. "Valei-me, Nosso Senhor Jesus Cristo!" E todo o quarto tinha que ficar fechado. A menor réstia de luz atravessava-lhe o corpo de lado a lado. A tia Naninha mandou-me à casa de Salu atrás de folha de pinheiro. Amarrava-a na cabeça e, com o cheiro, aos poucos as dores se sumiam. Foi nesta tarde, quase de noite, que me apareceu Pérola como um novo deslumbramento. Estava ela no portão do sobrado de sinhô, e me chamou:

— Dedé, vem cá.

Olhei para os seus olhos que me queimavam. Arrastou-me para o escuro da escada e só sei que um fogo estranho abrasou as minhas partes. E o beijo da menina inocente me deu a sensação de que eu era maior do que os outros. Saí às carreiras para a casa de Salu e em casa encontrei a tia Naninha falando com veemência com o marido. Se o pegasse outra vez a olhar para a sujeita, não ficava mais ali. Ia-se embora. E trancou-se no quarto e começou a chorar. Firmina gemia e o marido botou o chapéu na cabeça e se foi. A tia Naninha me chamou para perto dela e se abraçou comigo. Senti as suas lágrimas quentes e as suas mãos nos meus cabelos.

— José, estou com medo de morrer de parto.
De repente aqueles agrados iam-se transformando nos afagos de um morto. A morte, a terrível morte, penetrava no corpo da tia chorosa. Sim, a morte. E, não sei explicar, apoderou-se de mim um medo como aquele em que vira bem menino os figurantes da Vida, Paixão e Morte de Jesus Cristo. Estava morta. Corri para a minha rede e me cobri da cabeça aos pés.

Na casa de Zefinha tocavam violão. O mestre Paizinho mostrava as suas habilidades. Todo o Pilar, por economia, à espera da lua, com os candeeiros da iluminação pública apagados.

— Fecha essa janela, José. Que sujeita atrevida, só mesmo uma surra.

Mas a cantiga atravessava a janela e vinha se deitar comigo na rede. Parara Firmina de gemer, as folhas de pinheiro faziam o milagre. E já a tia Naninha conversava com ela:

— Rui é um sonso. Foi para a casa do pai se queixar de mim.

A voz da minha tia tremia de raiva. E o violão, agora com a lua, crescia de tom. Os dedos do mestre Paizinho manobravam a prima e o bordão em quebrados lânguidos. E com pouco escutava-se a voz de Zefinha cantando os *Verdes olhos*. Olhos da cor do mar, olhos que matavam e faziam chorar. Pérola! A morena estaria olhando de cima do sobrado a lua que se derramava em prata por cima dos galhos do tamarineiro. A doce voz de Zefinha falava de Estela: "Acorda, abre a janela, Estela". A tia se enfurecia cada vez mais.

Meus verdes anos • 189

— Cala esta boca! – gritava ela para a pobre Virgínia que tossia como um cachorro. — Cala esta boca, dormente. Saiu do quarto de Firmina e foi olhar pela veneziana fechada a casa de Zefinha. Pérola estava comigo no manso da rede. Deus que me ajudasse a dominar aquela ânsia que tanto me atormentava. Queria Pérola. Fui ouvindo os passos do marido. A tia Naninha estava com Firmina. Dormiria no quarto dela. Mais tarde ouvi o marido chamando-a e ela não respondeu. Só Zefinha amava a lua no Pilar. Pelas telhas de vidro me chegavam línguas de luz mortiça que se punham em cima de minha rede. A voz de Zefinha. Cantava agora um homem: "Boa noite, Maria, é tarde, é tarde; a lua na janela bate em cheio. Boa noite, formosa Consuelo; é noite ainda em teus cabelos pretos." Tossia Virgínia. Ressonava alto Firmina. Outra vez eu ouvi:

— Naninha, vem para cá.

E o silêncio continuava. Mas mais para dentro da noite ouvi gemidos no quarto grande e a cama a arrebentar-se como se fosse de graveto. E tudo ficou outra vez em silêncio. A lua se fora e a madrugada estourou com a gritaria dos pássaros. Tocava o sino para a missa, no seu repicar festivo.

Preparava-se o Pilar para a festa da Padroeira. Pela manhã encontrei José Joaquim na estrebaria cortando capim na serra:

— Seu Rui me chegou hoje dando grito porque o cavalo amanheceu chupado de morcego. Eu não tenho culpa disto não. No Ingá deu uma peste nos animais em vista disto. Esse seu Rui é metido a brabo. Vá sê brabo com a mulher. Tenho lá culpa de apanhar da mulher!

Zé Joaquim me trouxera a compreensão que a vida dos brancos só era grande porque havia os negros.

— Rico vive dos braços e das pernas de nós. Deus fez a gente da cor de piche para servir de escravo. Tive um tio que foi cabra dos Amará e morreu na ponta da faca numa briga de terras. Negro é pra morrê pelos brancos. Branco come do que faz os negros. Branco é só para palitar os dentes.

Havia raiva na conversa de José Joaquim.

— Mas que culpa tenho eu? – disse-lhe.

— Quem que está dizendo nada. Tu é filho de rico e vai crescê rico para mandar nos negros. Um dia o mundo vai ficar todo branco. Ah, isto fica.

O capim se partia na serra e o perfume da mata abafava o cheiro dos excrementos de cavalo.

— Deus tem que ver este mundo e dizer a seu Rui: "Que culpa tem José Joaquim, os morcegos não foi ele que fez".

Passei o dia inteiro com a conversa de José Joaquim na cabeça. Mais tarde, na casa do funileiro, um sujeito chamado Genaro falava das safadezas do mestre Paizinho. Em Goiana, dizia o velho funileiro, serenata é que era coisa boa. E havia crime de morte por causa de modinhas cantadas na porta dos brabos. Genaro gabava a voz do mestre:

— Este bicho veio de Camutanga com fama de macho no pistão. E é macho mesmo. Tem mulher atrás dele que só abelhas em pé de muçambê.

O funileiro não sabia de nada e não queria saber.

— Olhe, seu Genaro, nesta tenda não se fala da vida dos outros. Quem tem a sua babaca dê a quem quiser. Eu só quero bater no meu flandre e ganhar para o sustento da minha família. Ontem me apareceu por aqui um tipo de engenho perguntando se eu trabalhava em cobre. Eu podia dizer que trabalhava, que isto de mestre caldeireiro não é coisa de outro mundo. Disse logo: "Vai bater noutra porta.

Alambique é trabalho para Nazaré." Depois eu soube que foi debique, safadeza de Salu, para mangar de mim. Sou funileiro, e o mais que vá à merda. Tenho muito orgulho do meu ofício. Seu Genaro, o senhor me fazia um favor não vindo com história da vida dos outros para a minha casa.

— Mas vai haver desgraça – disse Genaro. — Paizinho não pense que isto aqui é Camutanga. O povo do Pilar não deixa ficar assim.

— Olha, rapaz, o que é que o Pilar tem com isso?

— Ora se tem, mestre. Este sujeito com fama de macho está debochando de uma família de pobre.

— Mas, seu Genaro, de quem é a babaca? O senhor é obrigado a sofrer pelas dores dos outros?

Debaixo do tamarineiro era no que se falava. Antônio Bento se queixava. Não tinha podido dormir com as cantorias.

— E a gente de Liberato? – perguntava Chico Barbeiro. — Aquilo é caso de caixão de defunto. E o pobre fica de cara amarrada como boi manso em manjedoura. Uma vergonha. Este Paizinho veio aqui para tomar conta da banda e está virando um pai-d'égua. Se fosse no tempo de Quinca Napoleão, já estava longe daqui. Mas o coronel Zé Lins não dá importância à vila.

E quando me viu não voltou atrás.

— Aí está o neto dele – disse Antônio Bento.

— O que tem isso? Digo até a ele mesmo.

A fala de Antônio Bento era soturna, a tísica comera-lhe as cordas vocais. Antônio Bento tinha um filho seminarista que não queria mais voltar aos estudos.

— O menino anda de veneta. Ontem a minha mulher disse que ele não quer mais saber de história de batina, e anda a chorar de amor. E você sabe quem botou a cabeça dele a perder? Esta dona Zefinha. O rapaz não pode ver a mulher. Corre para o quarto e se acaba no vício. Ontem, com a cantoria do mestre Paizinho, tive até medo de uma desgraça. Deu ele para chorar como um desgraçado. Fiz economia, a minha mulher guardou a herança do pai para dar um jeito na vida deste rapaz. E acontece isto. Vou mandá-lo para o sertão. Lá tenho um irmão com fazenda e tenho fé que o rapaz se cure.

— Qual nada, Antônio Bento, isto é cousa de novilho de ponta nova. O tempo come estas arrelias.

Mestre Paizinho para todos não passava de um atrevido. Chegara ali para ganhar a vida e estava metido a cavalo do cão. Aquilo não podia continuar. Os homens do Pilar não consentiriam semelhante afoiteza. Chico Barbeiro confessava:

— Se fosse no tempo do meu padrinho Napoleão, aquele cabra já estava marcado de cipó de boi.

Sinhô Marinho não dizia nada. Toda a sua vida se limitava aos negócios. A barba crescida cobria o rosto rosado, e os olhinhos azuis quase que não podiam atravessar o grosso das sobrancelhas espessas. As histórias de Zefinha não o interessavam. As notícias melhores para ele eram as que chegavam do engenho do sogro, que andava muito doente.

Vi Pérola na janela do sobrado. O vento sacudia os seus cabelos pretos e ela sorriu para mim. Fiquei meio tonto. Seria que ela estivesse como na noite passada, com a boca quente para me injetar aquele fogo no sangue? Mas na hora do almoço me aguardava o marido com a sua hostilidade furiosa:

— Lalinha me disse que esse menino estava ontem no portão do sobrado pegado com Pérola. Isto é demais.

Aquelas palavras me esmagaram. Baixei a cabeça e as lágrimas rolaram.

— Menino enxerido.

Não pude comer mais nada. Corri da mesa aos engulhos. Firmina me pegou, ajudando-me nos vômitos. Na cama comecei a tossir desesperadamente e a asma me chegou como nunca. A ânsia de respirar sem poder me dava vontade de sumir. Nem uma gota de ar. Todo o mundo estava separado de mim por uma cortina de aço. Queria morrer. A tia Naninha mandou preparar os vomitórios. Chiava dentro de meu peito uma ninhada de gatos. O desgraçado do marido saíra para o "vapor".

À noitinha melhorei. Meu corpo inteiro tinha se coberto de erupção. "É sangue-novo", diziam. De minha rede ouvia o violão da casa de Zefinha em suas tocatas tristonhas. Sem dúvida os presos da cadeia também escancarariam os ouvidos e entrariam pelas grades as cantorias de Paizinho, as modinhas da mulher bonita. Imaginava o que pudesse ter acontecido a Pérola. Era capaz de sinhô Marinho mandá-la de volta. Firmina me apareceu para me dar lambedor e passar goma no corpo encaroçado. De manhã ouvi o canário de Zé Joaquim dobrando-se em trinados. A casa estremecia com os gritos da tia Naninha. Tossia Virgínia. A coqueluche enchia de sangue os seus olhos mortiços. Assim levei o dia sozinho, somente na companhia dos meus pensamentos. E esses pensamentos não me ajudavam.

A tia Naninha tinha medo da morte. Morrer de parto como a tia Mercês, morrer de dor como o primo Gilberto, morrer de febre como a prima Lili. Viera o moleque Ricardo do engenho com uma carga de lenha para a cozinha. E comigo ficou no quarto, dando notícias da terra. A negra

194 • José Lins do Rego

Maria Gorda morrera e houve uma festa dos demônios no quarto dela. A vaca Magnólia estava de cria nova. Era um bezerro de lubim como o de Maomé. O meu avô o dera ao irmão Lourenço. As ramadas do Poço da Pedra estavam dando muita crumatã. E Pixito viera morar no Pilar e estava tocando clarineta na banda. O mestre Rodolfo estava consertando tachas velhas e chegara um cata-vento para a cacimba. O povo estava com medo das pragas do padre Cícero. Estava dizendo o padre-mestre que tinha de aparecer uma peste de câmara de sangue para castigar os homens.

Só muito mais tarde Ricardo se foi e me deixou a saudade do engenho como um fermento de intranquilidade. Os filhos da tia Mercês tomavam conta de tudo. Eu não seria mais do Corredor. E quando a minha tia chegou para me dar uma xícara de leite, eu lhe disse sem vacilar:

— Naninha, eu quero voltar para o engenho.

Ela me agradou e, sorrindo:

— Por que, José? Você não está gostando mais de mim?

Gostando estava, mas queria voltar.

— Não, daqui você só sai para o colégio. Aqueles meninos de Mercês são malvados demais.

E eu não lhe disse mais nada. Saindo do ataque de asma, fui encontrar Zé Joaquim na serra de capim. Quase que não me falou. Só depois é que tocou na história do preso Ferreira.

— É inocente e não sai da cadeia. Ontem Antônio Ferreira estava me dizendo: "Um homem não vai ao júri e é como se tivesse tirado sentença. Isto só acontece no Pilar onde só manda um homem." O teu avô não vê essas coisas.

Subi para casa com aquelas palavras do negro me aborrecendo. "O teu avô não vê essas coisas." Era a primeira vez que eu ouvia uma crítica ao velho que para mim valia por tudo. Era ele que mandava nas terras e nos cabras. Só os parentes do Engenho Novo não lhe davam valor. Nunca ouvira uma queixa contra ele. Dava grito nos trabalhadores e nos moleques. Mas não dormia na raiva. Esquecia-se da preguiça de Pinheiro, da cachaça de Passarinho, das estradeirices de Rosalvo. Quando chegava a hora do pagamento das "férias", sacudia o dinheiro no chão, chamando Pinheiro de ladrão, de cachorro. Pinheiro apanhava os níqueis e saía sorrindo: "O coroné tem cada uma!" Pinheiro furtava milho do roçado. O meu avô sabia e não dizia nada. Denunciava o feitor: "Pinheiro está roubando milho". "Aquele é um ladrão safado", respondia e não tomava providência. Mandava em tudo. Às vezes chamava-me para o seu lado na banca e passava as mãos pelos meus cabelos. E quando entrava em dieta, a tia Maria trazia-lhe o prato de papa de maisena e ele me fazia comer a metade. Mas nunca me deu um beijo, nunca me acariciou com exuberância. Em certas ocasiões me botava na garupa do seu cavalo Gouveia e saía para ver de perto os trabalhos dos cabras no eito. Andávamos pelos arredores. Batia com a tabica na porta dos moradores e apareciam as mulheres magras. Muitas se queixavam de febres e ele prometia mandar quinino. Outras se queixavam dos maridos que estavam vadios atrás de outras. Não dizia nada porque não dava importância a esses desvios. Lembro-me que uma vez chegamos numa casa e, pelo buraco da parede, ele viu uma forma de zinco:

— Isto é forma do Maravalha.

Era a casa de Nana da Ponte, amante do velho Joca do Maravalha.

— Joca não cria juízo.

Havia no meu avô coisas esquisitas. Sendo homem de mesa larga, tinha no entanto cuidados excessivos com a manteiga, cujas latas verdes guardava em seu quarto. Vinha ele para a mesa com a lata na mão e ele mesmo derramava na manteigueira. Não seria por economia, pois o consumo não se restringia nunca.

44

NA HORA DO ALMOÇO daquele dia, apareceu meu avô que vinha para o júri. Estava de calças de listras e paletó preto e com o seu enorme chapéu do chile. Ficou conversando com a tia Naninha e o marido. Depois da comida mandou que me vestisse e me levou com ele ao júri. O que seria o júri? Não fazia a menor ideia. Pensava que fosse uma coisa capaz de muito dar e tirar. Podia fazer de um inocente, um culpado, podia botar e tirar da cadeia. Subimos para o sobrado, e lá encontramos a sala cheia de gente. Todos vieram falar com meu avô. O juiz lhe deu uma cadeira na mesa grande. Apareceu o promotor de anel no dedo e foi logo procurar o meu avô para saber se ele tinha alguma coisa naquela sessão. Logo mais o juiz começou a chamar gente para sentar-se na mesa comprida. Por fim subiu o preso, um daqueles amarelos que andavam de correntes nos pés, e sentou-se ao lado de um velho magro. Leu o escrivão Paivinha uns papéis e começou o promotor a falar. A voz vibrava na sala, ofendendo ao pobre homem amarelo. Depois falou o velho magro. Tudo aquilo não passava de engano, de mentira, de perseguição. Teriam que dar liberdade àquele pobre infeliz. Em seguida o promotor voltou a gritar. Chorava o preso. Eu

Meus verdes anos • 197

quis chorar também. Só podia ser mesmo inocente. O juiz conversava com o meu avô e os homens saíram para um quarto a fim de decidir, até que apareceram com um papel que deram ao juiz. Era inocente. O velho magro sorria para o promotor. Lá fora soltavam foguetes. Os irmãos do preso tinham vindo de Gurinhém para festejar a liberdade. Ouvi o meu avô dizendo ao juiz:

— Os Ribeiros protegem este cabra. O crime foi bárbaro, mas quem manda são os jurados. Bota-se na rua os piores assassinos. Tem aí esse tal de Filó – acrescentou o meu avô — que é ladrão de cavalo. Não é possível que o júri ponha na rua um cabra dessa natureza. Manuel Ferreira não devia defender ladrão de cavalo.

Para o meu avô, um assassino nada seria em comparação a um ladrão de cavalo. Quase sempre morria na cadeia. Não havia júri que o soltasse.

Mais tarde o juiz e meu avô conversavam na casa de tia Naninha. Ouvi bem o meu avô dizendo:

— Recebi carta de Lourenço, falando do seu caso. E mandei recado para Trombone falar com o presidente.

O juiz não gostava do presidente e afirmava ao velho:

— Pois coronel Zé Lins, pode ficar certo, este canalha não vai fazer nada. Todos sabem que não vou na conversa de politiqueiros.

O meu avô não o acompanhava nas restrições violentas, e quando ele saiu, disse para a minha tia:

— A língua mata esse doutor Samuel. O pai é um homem de bem e o filho não para em parte nenhuma. Homem sem juízo.

A tia Naninha nada dizia ao pai. As relações entre o pai e a filha eram sempre assim de silêncios, nunca ouvi o meu avô trocar opinião com a filha. Ficava a tia Naninha calada e era o meu avô que falava:

— Ali na casa da Câmara beijei a mão do imperador.

Ainda me recordo. O meu pai me trouxe com Joca para a cerimônia. O imperador estava sentado numa cadeira de braços e a gente se ajoelhava para lhe beijar a mão. Era um homem de barba loura. Aqui no Pilar vim para uma aula de um mestre negro. Todo o mundo apanhava na escola. O negro dava em Baltasar de fazer pena.

Depois que o meu avô se foi, desci para ver Zé Joaquim na estrebaria.

— Os irmãos do preso estão festejando o júri. Estão na venda de Chico Frade fazendo o diabo. É gente do Gurinhém, protegida dos Ribeiros. Pois só não soltam o pobre do Ferreira. É inocente, mas não há quem queira dar um júri a ele. Parece que o homem é ladrão de cavalo. Por que tu não pede pra teu avô dar um jeito naquele infeliz?

Sentia que José Joaquim não me queria mais bem. Não lhe fizera nada. É que eu era rico. O negro serrava capim e assobiava. O cavalo comia remoendo e dentro da estrebaria recendia um cheiro ativo de excremento. Zé Joaquim dormia num quarto pertinho da estrebaria. O seu canário estalava na porta de lado. Parava gente para ouvi-lo nas cantorias. Um soldado novo do destacamento ficou perto da casa ouvindo o pássaro.

— É bom mesmo. Um bicho desse na Paraíba dá vinte mil-réis. Tem lá um tenente que pagou cinquenta mil-réis por um bicudo de Mamanguape.

Zé Joaquim não deu uma palavra. O praça ainda se demorou na conversa. Era sertanejo, e viera para o Pilar sem gosto. Tinha mais vontade de trabalhar nas volantes.

Estivera antes no Ingá e dera um cerco em Antônio Silvino no Surrão. Ali no Pilar tinha paradeiro demais. Quando ele saiu, Zé Joaquim me disse:

— Bem que eu estava conhecendo aquele sujeito. É praça de volante. No Ingá davam a ele o nome de Riachão. É homem mau. Está pensando que eu vou desfazer do canário. Não vendo não. Prefiro soltar.

Subi para a casa. A tia Naninha gritava por mim com medo do sereno.

— Entra, José, este sereno faz mal.

Mas naquela tarde correra a notícia de que caíra uma mulher na rua da Palha com bexiga da peste. A vila alarmou--se. O hospital de isolamento, uma casa no meio da caatinga, ficava bem no alto. Avistava-se ele pintado de branco. A bexiga apavorou todo o mundo. A mulher havia chegado de Santa Rita e logo que descobriram o caso levaram a infeliz para o alto. O povo começou a tomar as suas providências. Não havia casa que não queimasse na porta bosta de boi em caco de barro. A fumaça defumava o ambiente carregado. Não deixavam mais os meninos empinar papagaio porque os ventos traziam germes da peste. A minha tia não botava a cabeça fora de casa. Fecharam as janelas da frente e no quintal subia a fumaça dos defumadores.

Dois dias depois chegaram da Paraíba os homens da vacina. Ficaram no mercado e o povo ia aos magotes se vacinar. Incharam-me nos braços as postemas e tive até febre. A tia Naninha não podia olhar o hospital. Vinham-lhe ânsias de vômito. Os vacinadores metiam medo. E quando saíram para os engenhos aliviaram a vila. Chegavam boatos de Serrinha, onde se afirmava que morriam mais de dez pessoas por dia. A bexiga embrenhara-se pelas matas e fora matar um morador do Engenho Velho, homem que nunca saíra de casa. Estávamos sob o terror da peste. Firmina não se perturbava porque já assistira a uma epidemia em Cabedelo, chegando a tratar de uma cunhada atacada do mal. Uma manhã vimos um lençol branco estendido numa árvore próximo do isolamento. Deu-me um frio no coração. Aquilo devia ser mortalha para bexiguento. A tia Naninha fechou a janela e começou a vomitar. Firmina animava os de casa. Só aconteceria o que Deus quisesse. Era preciso ter mais coragem. Naninha estava assim por causa dos antojos. O marido falava em mudança para o engenho. A tia Naninha não queria nem ouvir falar nisto. Se voltasse para lá, iriam dizer que ela estava procurando desculpa para ficar no Corredor. E ainda lá estava a velha Sinhazinha, de quem ela não gostava de ouvir nem o nome.

À boca da noite o Pilar cobria-se de fumaça. Os cacos acesos às portas das casas iam até de madrugada, espantando germes perigosos. A bexiga atacara na Galhofa e por aquelas bandas não se podia passar. Casa de bexiguento era queimada e às vezes carregavam o doente para o meio do mato, deixando-o morrer à míngua. A velha Janoca mandara recado. Naninha tinha que voltar para o Corredor. Caíra um bexiguento bem na estrada do engenho. Por toda parte havia perigo.

O medo da varíola me arredara das minhas preocupações íntimas. Aos poucos porém fui voltando ao Zé Joaquim. O negro não era o mesmo. E sempre me vinha com aquela história de rico e pobre:

— É, menino, a bexiga não está sabendo quem é branco, quem é preto. Mata rico e mata pobre.

Rico e pobre. Aquele negro fora a primeira criatura humana, fora da minha gente, que me interessara. Nunca tinha me aproximado de um homem como José Joaquim.

— Menino, tu é branco e não pode está com os negro como eu. Gente da sala é gente de lordeza.

Aquilo era como se me dissesse: "Menino, não quero negócio contigo. Procura gente da tua igualha." Senti as restrições de José Joaquim seriamente, e me deixei ficar com o pensamento de que nem um negro abandonado me queria para amigo. Saí para ouvir as conversas do tamarineiro. Só se falava da peste. Antônio Bento soubera que a última feira de Itabaiana estivera quase vazia. O medo contaminava os vivos. A bela Zefinha deixara de cantar e não havia mais os ensaios da banda de música. O mestre Paizinho fora para Camutanga. A bexiga matara-lhe a mãe. Os vacinadores estavam na Guarita e até se falava de um homem vacinado morrendo com o corpo cheio de postemas. Sinhô Marinho contava episódios da epidemia da cólera que matara todos os escravos de seu pai. No tempo da cólera morria gente aos magotes. E me notando por perto, foi dizendo:

— Vai pra casa, menino, isto não é tempo de menino andar na rua.

Em casa tia Naninha vomitava a todo instante, chorando com a cabeça enterrada nos travesseiros. Dera para ter raiva do marido. Não podia vê-lo que se arrepiava de nojo. Eu olhava para os presos da cadeia e não podia mais conversar com Ferreira. Haviam me proibido de ficar na calçada da casa da Câmara. Antônio Ferreira mandava pedir comida para tia Naninha, que se tomara de paixão pela sua desgraça. Até falou ela com meu avô, e o velho foi franco:

— Não vou mexer no crime do filho do compadre Zé Maria.

Antônio Ferreira era branco e no entanto padecia como negro cativo.

Viera notícia de que a tia Maria estava por dias para um novo filho. Firmina fora chamada para ajudá-la. Mas a tia Naninha não admitia. Não podia ficar sozinha. Firmina não iria. Foi recado para a velha Janoca. Viera Pérola com a mulher de sinhô Marinho em visita. Enquanto conversavam, saímos para as goiabeiras do quintal. E pudemos ficar a sós. Naquela paz da tarde nem o canto dos pássaros soavam para mim. Os olhos verdes de Pérola, as mãos de Pérola, os cabelos anelados de Pérola, tudo me arrastava a um estado de sofreguidão abrasadora. Vi-a subindo no pé de goiaba e todas as suas partes se mostraram aos meus olhos. Meu Deus! Era uma aparição demoníaca. Lá de cima ela me mirava com a sua beleza. Deu-me uma vontade de agarrá-la, tê-la nos meus braços e fugir de tudo com ela. Pérola sabia o que estava fazendo. Pus-me a fixá-la e ela a sorrir. De repente se apoderou de mim uma sensação estranha. Queria fugir daquele lugar e não podia. Queria que Pérola descesse e viesse para os meus braços. E quando a menina apareceu ao meu lado, não pude falar, não pude sair daquela terra de mato verde. Ela me apalpou. Tomou as minhas mãos nas suas.

— O que é que tu tem, Dedé?

Abraçou-se comigo e senti no meu corpo trêmulo a sua carne quente. O corpo de Pérola pegado ao meu. Ouvimos os gritos dos grandes nos chamando. O canário de José Joaquim dobrava as suas cantorias, e o céu escureceu-se na preparação para uma pancada d'água. Agora Pérola baixava os olhos e era arrastada à realidade, tremendo de medo.

— Viram a gente?

Não podia falar. A conversa da tia Naninha com a sogra só fazia referências à bexiga. No Sobrado tocaram fogo na casa de um doente com o coitado em cima da cama. O povo quisera matar os vacinadores no Sapé. Antônio Silvino fugira para o sertão. Os cangaceiros tinham se vacinado no Engenho Novo. Mas eu só pensava em Pérola. Mais tarde chegou o marido com enredos. Andava eu pela casa dos outros. Desci outra vez para o quintal e na estrebaria José Joaquim se mostrou bem outro. Era outra vez o amigo dos começos.

— Tu não conhece este mundo. A gente para num lugar e vem logo uma vontade danada de sair. Se eu pudesse, ia para o Amazonas.

E limpando a gaiola do canário me disse:

— Ontem o tal do praça voltou com história de compra. Eu disse mesmo a ele: "Seu praça, não tem preço, é bichinho de estimação". E é mesmo. O que é que eu tenho mais no mundo? Só se for peitica.

O canário pulava na gaiola e as nuvens no céu não se mexiam.

— Vai chovê muito. Só assim a bexiga abranda. Seu Chico Pechincha vai amanhã pra cidade. Me disse ele que estava carecendo de um ajudante. Não sirvo pra isto não. Uma vez fui guia de cego na Guarita e o desgraçado cismou que eu estava roubando esmola e me passou o pau, fazendo sangue na cabeça. Homem miserável. Ele tinha raiva do povo. Bem que eu ouvia quando ele ficava sozinho. Só fazia descompor a humanidade. O melhor é andar sem cabresto e largar as pernas para onde a gente quiser. Chico Pechincha tá doido pelo meu canário.

45

NÃO CONSEGUI DORMIR COM a imagem de Pérola na cabeça. Era um corpo nu que se debruçava sobre mim. Via as partes, com aquela penugem, aquele começo de pretume, aquelas coxas roliças. O corpo de Pérola. Remexia na rede, virava de um lado para o outro, até que ouvi o falatório de gente na rua. Um homem falava mais alto. Tratava-se de um crime. O marido abriu a janela para saber o que acontecera. Um negro viera morto numa rede. Fora assassinado por um menino no Crumataú. O negro se fizera nas armas contra o pai do menino e este só teve tempo de disparar uma garrucha na cabeça do valentão. Vieram juntos, o defunto e o assassino, para as autoridades. Cantavam os galos nos quintais vizinhos. Adormeci e sonhei com a tia Maria morta de parto. Acordei com um nó na garganta e fui falar com Firmina sobre o meu sonho.

— Deixa de besteira, menino.

Na porta da cadeia havia muita gente. O defunto esperava o escrivão Paivinha para o corpo de delito e o menino se recolhera à sala livre. Diziam que era filho de gente protegida pelo meu avô, e que matara com razão. Pérola não me saía da cabeça. E assim fui dar uma volta pela vila. O funileiro batia nos seus flandres, dando notícia da bexiga em Goiana. Fechara a rua de Baixo. Não escapou ninguém para contar a história. Até a bexiga era grande em Goiana. Por debaixo do tamarineiro só se falava do crime. E gabavam o menino que tinha matado para salvar a vida do pai. Aquilo não era crime. Antônio Bento conhecia o negro. Era um arruaceiro das bandas do Ingá, capaz de tudo. O menino não ficaria na cadeia, ia ser criado do juiz. Pérola apareceu na janela do sobrado. E eu não a via; via somente as partes em cima da goiabeira. Fugi daquela obsessão saindo quase às carreiras para casa.

Naquela tarde encontrei José Joaquim e ouvi a sua conversa com desgosto:

— Aquela menina Pérola tá doida pra fazer porcaria. Pensa que não te vi com ela debaixo da goiabeira? A este degas ninguém engana.

Fiquei sem saber o que dizer.

— Menina assim anda como formiga tanajura. Se eu pegasse ela, a bicha ia ver o que é macho. – E puxou as partes e exibiu-as às gargalhadas. Tive ímpeto de sacudir o pião que trazia na cara dele. Mas não disse nada. Saí da estrebaria humilhado, vendo o moleque em cima de Pérola, com aqueles dentes brancos mordendo-lhe o corpo.

O marido na hora do jantar voltou ao martírio:

— Este menino não para, vive metido na casa dos outros, fazendo traquinagens. Ele só endireita mesmo no colégio.

Baixei a cabeça e a comida me amargou na boca. Compreendi que aquele homem me odiava de fato. Quando ele olhava para mim, com os olhinhos de rato, era sempre com raiva. A tia Naninha começou a sofrer por mim. Naquela tarde, vendo-me sentado nos batentes dos fundos, me tomou a cabeça para me agradar e foi me dizendo:

— José, eu tenho pena de ti. – E os seus olhos se molharam.

Senti as suas lágrimas mornas. E me beijou. Todo aquele acesso de ternura me levou a um choro de desespero.

À noite a asma me agrediu violentamente. Comecei a piar, a tossir e somente quase de madrugada me aliviei do acesso. Teria que ficar o dia inteiro na cama. Mas não estaria só, porque Pérola não me saía da cabeça. Era bem ela estendida comigo na rede. Era o seu corpo quente. Eram os seus olhos verdes, eram aquelas partes escuras. E depois a lembrança das palavras de José Joaquim, aquele atrevimento, aquela insistência miserável. O corpo na rede, a imagem que se derramava em cima de mim como se fosse uma réstia de luz. Firmina vinha falar comigo e me contava história dos antigos:

— A mãe de Bubu morreu de velha. Sinhá Janoca não pegava numa panela da cozinha, tudo era feito por sinhá. Mas não podia ela ouvir canto de coruja que desmaiava. Por isto Bubu não deixava um bicho daquele vivo no engenho. Havia um negro chamado Damião que só fazia matar coruja. Sinhá pegara este medo na noite da morte do filho Quinca. Ela estava no armário quando ouviu uma coruja cortando mortalha bem por cima da cumeeira. Aí ela deu um grito e disse: "Mataram o meu filho". Tinha sido um aviso. A morte do seu Quinca encheu a cabeça de sinhá de cabelos brancos. Desde esta noite que ela não podia ouvir voz de coruja. Tremia de medo e caía dura no chão. Sinhá tratava dos negros como mãe. Nem parecia irmã do velho Manuel César do Taipu, o que botava negros nas almanjarras das bestas.

Firmina também falava do Manuel Gomes do Riachão. Manuel Gomes era casado com uma irmã da minha avó por parte de pai e botara dentro de casa uma irmã da mulher. E vivia com esta como casado. Por isto tudo, era tido como camumbembe e não lhe davam consideração alguma. Apesar de homem de palavra, de bom pagador, fora isolado pelos parentes. Só visitava mesmo o engenho do meu avô.

Fui dormir naquela noite sem asma. E de madrugada acordei com um canário cantando perto da janela do meu quarto. Era o canto do canário de José Joaquim. Mais tarde a minha tia Naninha chegou para me dizer:

— O moleque fugiu.

Levantei-me de pés no chão para abrir a janela, e lá estava dependurada a gaiola de José Joaquim. Fora-se embora como chegara, deixando para mim aquilo que mais amava no mundo. O gesto me tocou o coração. O negro que andava com tantas palavras atravessadas, me regalava com a coisa maior de sua vida. Mais tarde apareceu um soldado perguntando a tia Naninha se não queria vender o passarinho.

— O canário é do José. – E matou a questão.

46

A MINHA VIDA PASSOU a girar em torno do canário. Comprava-lhe alpiste e minha tia Naninha me deu uma gaiola adquirida em Itabaiana. Não saía de casa só para ouvir o bichinho na cantoria. Dormia bem guardado na cozinha. Tinha medo dos gatos. A minha alegria não tinha tamanho. Até me esqueci de José Joaquim e não fui capaz de medir a grandeza de seu gesto. Firmina foi que, conversando com tia Naninha, lhe disse:

— Veja você, Naninha, aquele negrinho foi embora e teve a bondade de deixar para Dedé o que mais ele queria no mundo.

Esqueci-me de Pérola. Uma noite saímos para visitar a mãe de sinhô e lá estava ela, com todos aqueles encantos.

Os olhos verdes. Eram grandes e verdes, mas não me saía da cabeça o canário. Seria que não haveria um gato capaz de subir na gaiola e matar o pobrezinho? Fiquei impaciente para chegar em casa e, mal meti os pés na porta da frente, corri para ver o meu canário. Dormia encolhido perto do cocho, na casinha de penas que eu lhe preparara para o sono. Estava bem vivo. Era o meu canário uma obra-prima de Deus. Acordava com os seus cantos. Estalava nos gorjeios, vibrava ao sol, com os albores da madrugada. Corria da cama, ia mudar a água de seu cocho, deitava alpiste na gavetinha. A princípio não se acomodava com o calor da cozinha. Depois passava a saltar de um lado para outro, como se estivesse em ginástica matinal. E cantava. Enchia-me a alma aquela maravilha da criação. Os outros pássaros rondavam por perto da sua gaiola, atrás do alpiste que o meu príncipe derramava na sua abundância de lorde. Considerava-me um dono da terra. O meu carneiro Jasmim, do engenho, nem chegava aos pés daquele canário que foi o meu maior orgulho de menino. O soldado do destacamento parava para escutar os gorjeios. Os presos da cadeia se regalariam com os seus trinados. Até o juiz, quando passava para a casa da Câmara, parava, gozando as maravilhas do meu pássaro. Era meu, todo meu. E assim me contentava com o exílio do Corredor. Agora nem me importava mais com a cara cheia de raiva do marido. Podia falar, descobrir os meus malfeitos, intrigar, dizer o que era verdade e o que era mentira. Nada me tocava. Só o meu canário valia. Dei-lhe um nome, chamando-o de Marechal. Era o tempo de um marechal falado na política. Marechal seria para mim o maior de todos. Seria assim como o meu canário. Às vezes sonhava com ele e me agrediam os pesadelos. Sonhava com os gatos, com a gaiola partida, com o meu pássaro solto a fugir pelos campos. Acordava aos gritos. Mas de madrugada, com a luz do dia entrando pelas telhas-vãs, abria ele o bico como um clarim e tudo se cobria das maravilhas do meu canário. O meu avô, de passagem para a cidade, esteve um pouquinho em conversa com a tia Naninha, e foi o bastante para falar do meu canário:

— Parece pássaro de raça.

De fato, Marechal não era um canário como os outros. O soldado não se cansava de elogiá-lo:

— Nunca ouvi canto como o dele, nem mesmo o curió do tenente Evaristo pode se comparar com aquele canário. – E permanecia parado a ouvi-lo.

Nem as patativas, nem os bicudos lhe chegavam aos pés. Marechal criara fama. Aparecia gente da vila para escutá-lo e ele não se fazia de rogado. Cantava o dia inteiro. À boca da noite os seus trinados se adoçavam. Sentia sem dúvida a ternura da hora e as tristezas do crepúsculo. Cantava as suas despedidas. Passavam os enterros dos anjos, caixõezinhos azuis, com meninos com braçadas de flores em fila de dois em dois. O meu canário cantava para o filho amado de Deus, para aquele que procurava o regaço paterno no verdor dos anos. Cantava para os anjos, para os presos, para os vivos e para os mortos. Não o deixava por debaixo das árvores, não o queria ao calor do sol e à friagem do sereno. Queria-o perto dos meus olhos, longe de todos os perigos, mais belo do que Pérola e como se fosse um mimo de Deus. José Joaquim chegara de pés cambados, falava de brancos, de negros, de ricos, de pobres. Desejou para ele as partes de fogo de Pérola. E depois se fora, deixando-me a única grandeza de sua vida. Por onde andaria José Joaquim? Um dia Chico Pechincha passou pela calçada com as suas gaiolas. Ia para a feira de Itabaiana.

— Menino, para onde se botou aquele negrinho?

Ninguém sabia de José Joaquim. Levara os seus miseráveis trastes, uma roupa velha que lhe dera a tia Naninha, e teve a bondade de me deixar um tesouro, tudo que era a sua vida.

Lá um dia porém amanheceu sem que eu ouvisse a cantoria de Marechal. O sol já entrava pela telha de vidro e não escutava sinal de vida do meu canário. Corri assombrado de pés no chão para a cozinha. E o que vi foi a maior desgraça de minha vida. Haviam aberto a porta da gaiola e Marechal ganhara o mundo. Senti uma dor que estourou num pranto desesperado. Tinha sido na certa o miserável do marido. Correu a tia Naninha para me consolar, mas não foi possível. A dor me arrasava. Tremia, perdia o fôlego. Firmina gritou:

— Este menino vai ter uma coisa.

Levaram-me para a rede e todo o meu corpo, de repente, se cobriu de manchas vermelhas. Enterrei a cabeça na varanda da rede e soluçava num desengano incoercível. Apareceu gente na porta para saber o que era. E assim fui até a noite. Não tinha vontade de levantar a cabeça. Só tinha mesmo vontade de chorar. Fora ele, fora ele que me arrebatara o canário que o meu avô dizia que era de raça. Eu não queria mais viver. Não queria mais olhar para as coisas da terra. Fora-se a minha alma. No outro dia ainda fiquei estendido com a asma violenta a me abafar, a me fechar em grades de ferro. Não podia mais olhar para o inimigo. Firmina aconselhou a tia Naninha a me mandar passar uns dias no engenho.

Agora ficava horas seguidas a olhar para o tempo. Reparava nos canários que pousavam nas árvores, na biqueira da casa. Uma vez estremeci da cabeça aos pés. Era

Meus verdes anos • 211

o Marechal. Era ele. E o bichinho estalou o bico na cantiga que só era sua. Era ele. Fiquei parado, com medo de que o menor gesto o espantasse. Mas Marechal nem esperou que me mexesse. Bateu as asas e foi-se sumindo para longe. O soldado apareceu para me dizer:

— É o canário, ele está doido para voltar.

Naquela noite dormi com o passarinho no juízo. Todo o sonho quase acordado girava sobre o meu Marechal. Senti a sua ingratidão como se fosse de gente de minha família. E mal a madrugada clareou, ouvi o canto maravilhoso. Fiquei com medo de abrir a janela, permanecendo encolhido na rede com receio de que qualquer rumor espantasse o meu canário. Cantou desesperadamente. Ah, não era ingrato como eu imaginava. Viera para me agradar, sem dúvida queria voltar para perto de mim. Aos poucos fui criando coragem para abrir a janela. O marido estava na porta. Devia me olhar com fúria. Possuí-me de ódio enquanto o canário cantava na sua melhor maneira. Até o soldado, que passava com os presos para a faxina, parou para escutar.

— O bichinho está querendo voltar.

Depois Marechal voou para as bandas do quintal e trepou-se na goiabeira à procura de qualquer coisa. Fui atrás do alpiste e sacudi no chão. Ele nem olhou. Lá de cima cantava com a liberdade de senhor de sua vida. Esperei mais. Sem dúvida viria comer o alpiste derramado. Já tia Naninha gritava com Virgínia. A chinela estalava no lombo da pobre que gemia no seu choro mofino. Na cozinha Adriana preparava o café e Firmina me advertiu:

— Que faz aí esse menino, que não vem mudar a camisa de dormir? Toma cuidado com a friagem, menino.

Não ouvia nada. O meu canário cantava. Aquilo doía na minha alma, aquilo espremia o meu coração. Então

212 • José Lins do Rego

comecei a ter pena dele. Era passarinho de gaiola. Haveria na certa de sofrer dos outros que seriam brabos e cruéis. Ou cairia no alçapão de Chico Pechincha. E José Joaquim? A saudade do negro bom me chegava naquele instante de desgraça. Fui descendo para o quintal. Quem sabe? Talvez que o Marechal, vendo-me, viesse cair nas minhas mãos. E mal pus os pés por debaixo da goiabeira, ele voou para longe até sumir-se na distância. Ainda o vi como um pontinho no céu azul. Vi-o furando o espaço e correndo para o mundo. Lá se fora ele com os cantos que enchiam de alegria as minhas madrugadas de asmático. Lá se perdia ele para sempre, assim como estes meus verdes anos que em vão procuro reter.

Cronologia

1901

A 3 de junho nasce no engenho Corredor, propriedade de seu avô materno, em Pilar, Paraíba. Filho de João do Rego Cavalcanti e Amélia Lins Cavalcanti.

1902

Falecimento de sua mãe, nove meses após seu nascimento. Com o afastamento do pai, passa a viver sob os cuidados de sua tia Maria Lins.

1904

Visita o Recife pela primeira vez, ficando na companhia de seus primos e de seu tio João Lins.

1909

É matriculado no Internato Nossa Senhora do Carmo, em Itabaiana, Paraíba.

1912

Muda-se para a capital paraibana, ingressando no Colégio Diocesano Pio X, administrado pelos irmãos maristas.

1915

Muda-se para o Recife, passando pelo Instituto Carneiro Leão e pelo Colégio Osvaldo Cruz. Conclui o secundário no Ginásio Pernambucano, prestigioso estabelecimento escolar recifense, que teve em seu corpo de alunos outros escritores de primeira cepa como Ariano Suassuna, Clarice Lispector e Joaquim Cardozo.

1916

Lê o romance *O Ateneu*, de Raul Pompeia, livro que o marcaria imensamente.

1918

Aos 17 anos, lê *Dom Casmurro*, de Machado de Assis, escritor por quem devotaria grande admiração.

1919

Inicia colaboração para o *Diário do Estado da Paraíba*. Matricula-se na Faculdade de Direito do Recife. Neste período de estudante na capital pernambucana, conhece e torna-se amigo de escritores de destaque como José Américo de Almeida, Osório Borba, Luís Delgado e Aníbal Fernandes.

1922

Funda, no Recife, o semanário *Dom Casmurro*.

1923

Conhece o sociólogo Gilberto Freyre, que havia regressado ao Brasil e com quem travaria uma fraterna amizade ao longo de sua vida.
Publica crônicas no *Jornal do Recife*.
Conclui o curso de Direito.

1924

Casa-se com Filomena Massa, com quem tem três filhas: Maria Elizabeth, Maria da Glória e Maria Christina.

1925

É nomeado promotor público em Manhuaçu, pequeno município situado na Zona da Mata Mineira. Não permanece muito tempo no cargo e na cidade.

1926

Estabelece-se em Maceió, Alagoas, onde passa a trabalhar como fiscal de bancos. Neste período, trava contato com escritores importantes como Aurélio Buarque de Holanda, Graciliano Ramos, Jorge de Lima, Rachel de Queiroz e Valdemar Cavalcanti.

1928

Como correspondente de Alagoas, inicia colaboração para o jornal *A Província* numa nova fase do jornal pernambucano, dirigido então por Gilberto Freyre.

1932

Publica *Menino de engenho* pela Andersen Editores. O livro recebe avaliações elogiosas de críticos, dentre eles João Ribeiro. Em 1965, o romance ganharia uma adaptação para o cinema, produzida por Glauber Rocha e dirigida por Walter Lima Júnior.

1933

Publica *Doidinho*.
A Fundação Graça Aranha concede prêmio ao autor pela publicação de *Menino de engenho*.

Cronologia • 217

1934

Publica *Banguê* pela Livraria José Olympio Editora que, a partir de então, passa a ser a casa a editar a maioria de seus livros.

Toma parte no Congresso Afro-brasileiro realizado em novembro no Recife, organizado por Gilberto Freyre.

1935

Publica *O moleque Ricardo*.

Muda-se para o Rio de Janeiro, após ser nomeado para o cargo de fiscal do imposto de consumo.

1936

Publica *Usina*.

Sai o livro infantil *Histórias da velha Totônia*, com ilustrações do pintor paraibano Tomás Santa Rosa, artista que seria responsável pela capa de vários de seus livros publicados pela José Olympio. O livro é dedicado às três filhas do escritor.

1937

Publica *Pureza*.

1938

Publica *Pedra Bonita*.

1939

Publica *Riacho Doce*.

Torna-se sócio do Clube de Regatas Flamengo, agremiação cujo time de futebol acompanharia com ardorosa paixão.

1940

Inicia colaboração no Suplemento Letras e Artes do jornal *A Manhã*, caderno dirigido à época por Cassiano Ricardo. A Livraria José Olympio Editora publica o livro *A vida de Eleonora Duse*, de E. A. Rheinhardt, traduzido pelo escritor.

1941

Publica *Água-mãe*, seu primeiro romance a não ter o Nordeste como pano de fundo, tendo como cenário Cabo Frio, cidade litorânea do Rio de Janeiro. O livro é premiado no mesmo ano pela Sociedade Felipe de Oliveira.

1942

Publica *Gordos e magros*, antologia de ensaios e artigos, pela Casa do Estudante do Brasil.

1943

Em fevereiro, é publicado *Fogo morto*, livro que seria apontado por muitos como seu melhor romance, com prefácio de Otto Maria Carpeaux.

Inicia colaboração diária para o jornal *O Globo* e para *O Jornal*, de Assis Chateaubriand. Para este periódico, concentra-se na escrita da série de crônicas "Homens, seres e coisas", muitas das quais seriam publicadas em livro de mesmo título, em 1952.

Elege-se secretário-geral da Confederação Brasileira de Desportos (CBD).

1944

Parte em viagem ao exterior, integrando missão cultural no Ministério das Relações Exteriores do Brasil, visitando o Uruguai e a Argentina.

1945

Inicia colaboração para o *Jornal dos Sports*.
Publica o livro *Poesia e vida*, reunindo crônicas e ensaios.

1946

A Casa do Estudante do Brasil publica *Conferências no Prata: tendências do romance brasileiro, Raul Pompeia e Machado de Assis*.

1947

Publica *Eurídice*, pelo qual recebe o prêmio Fábio Prado, concedido pela União Brasileira de Escritores.

1950

A convite do governo francês, viaja a Paris.
Assume interinamente a presidência da Confederação Brasileira de Desportos (CBD).

1951

Nova viagem à Europa, integrando a delegação de futebol do Flamengo, cujo time disputa partidas na Suécia, Dinamarca, França e Portugal.

1952

Pela editora do jornal *A Noite* publica *Bota de sete léguas*, livro de viagens.
Na revista *O Cruzeiro*, publica semanalmente capítulos de um folhetim intitulado *Cangaceiros*, os quais acabam integrando um livro de mesmo nome, publicado no ano seguinte, com ilustrações de Candido Portinari.

1953

Na França, sai a tradução de *Menino de engenho* (*L'enfant de la plantation*), com prefácio de Blaise Cendrars.

1954

Publica o livro de ensaios *A casa e o homem*.

1955

Publica *Roteiro de Israel*, livro de crônicas feitas por ocasião de sua viagem ao Oriente Médio para o jornal *O Globo*. O escritor candidata-se a uma vaga na Academia Brasileira de Letras e vence a eleição destinada à sucessão de Ataulfo de Paiva, ocorrida em 15 de setembro.

1956

Publica *Meus verdes anos*, livro de memórias. Em 15 de dezembro, toma posse na Academia Brasileira de Letras, passando a ocupar a cadeira nº 25. É recebido pelo acadêmico Austregésilo de Athayde.

1957

Publica *Gregos e troianos*, livro que reúne suas impressões sobre viagens que fez à Grécia e outras nações europeias. Falece em 12 de setembro no Rio de Janeiro, vítima de hepatopatia. É sepultado no mausoléu da Academia Brasileira de Letras, no cemitério São João Batista, situado na capital carioca.

Conheça outras obras de
José Lins do Rego

Água-mãe
Banguê
Cangaceiros
Doidinho
Eurídice*
Histórias da velha Totônia*
José Lins do Rego crônicas para jovens
O macaco mágico*
Melhores crônicas José Lins do Rego
Menino de engenho
O moleque Ricardo
Pedra Bonita
O príncipe pequeno*
Pureza*
Riacho Doce
O sargento verde*
Usina

* Prelo

Impresso por :

gráfica e editora

Tel.:11 2769-9056